Les mots au vol

© Éditions Renaissens —
Membre du Syndicat national de l'édition (SNE)
Collection :COMME TOUT UN CHACUN
ISSN : 2649-8839
Impression : Libri Plureos GmbH, Friedensallee 273, 22763 Hamburg (Allemagne)

Les éditions Renaissens publient les œuvres de toute personne en situation de handicap visuel, auditif, sensoriel, moteur ou à mobilité réduite.

Sandrine Lepetit

Les mots au vol

roman

Préambule

Je me suis procuré un carnet laqué et coloré, un peu trop vif, contrastant avec son intérieur. Des pages blanches et des lignes discrètes en composent le contenu, prêt à être rempli. Mon ambition : lui offrir une beauté intérieure unique, embellie de mes inspirations.

En restant ancrée dans l'écriture, j'évite de me laisser emporter par l'ivresse des émotions ou les larmes qui risqueraient de marquer les pages. Souillures et bavures pourraient altérer l'harmonie des mots. Si je reste fidèle à mon essence, mes phrases trouveront leur justesse, un ensemble aérien et tangible.

Pourtant, l'irrégularité des traits me perturbe parfois : un effet de mes rétines fragiles, donnant l'impression de lignes froissées, susceptibles de céder sous le poids des mots. Alors, je m'applique à donner aux lettres élégance et générosité, les arrondissant pour atténuer leur gravité.

Ainsi, encre et couleurs s'entrelaceront jusqu'à épuiser la dernière page, sans jamais manquer de souffle.

Première lecture
Inspirations

Au pied de mon arbre

Je peux désormais expérimenter ma nouvelle activité. Elle n'est pas des plus folles, pas des plus risquées, pas des plus ambitieuses, mais elle me convient. Tout à fait à mon niveau.

Il est quatorze heures quand j'endosse mon sac et franchis la porte d'entrée, déterminée. Il y a pourtant tout juste une heure, je n'avais pas cette énergie. À vrai dire, rien d'anormal. Cette fatigue visuelle est un autre symptôme de ma maladie. J'ai beau le savoir il m'arrive de pousser mes limites.

Je me suis enveloppée de la douceur du printemps, celle que mon corps aime et qui me fait fleurir d'idées nouvelles. Mon moral est plutôt bon. J'ai choisi un rythme me convenant et pour me garantir de n'avoir rien oublié, je liste mentalement le contenu de mon sac : mon coussinet, ma lampe frontale, ma feuille-loupe, ma bouteille d'eau, des ricolas à la menthe et … mon livre.

Cannou, ma chère canne blanche envoie du lourd, repousse même les gros cailloux. Elle n'est pas là pour faire semblant, ou pour se faire toute petite et, de toute manière, à quel moment a-t-elle été discrète ? Soyons clairs, elle n'est pas là pour un défilé de mode ou lambiner, elle a d'autres chats à fouetter, comme se préoccuper d'un passage entre deux gros blocs de pierre. Quelques balayages suffisent ensuite pour franchir la ligne d'arrivée. Elle ne s'attend pas à recevoir des cotillons, ou voir surgir une meute hystérique, c'est un passage qui se fait dans le plus complet des silences, hormis les petits bruits qu'elle émet pour me guider. Toutes les deux, pour autant, on pourra se féliciter de ce vrai travail d'équipe.

La Loire est à quelques mètres, mais je bifurque avant, vers un frêne. Un choix réfléchi : cet arbre, repéré il y a quelque temps, domine le fleuve. J'aime l'herbe verte qui court autour de son tronc. Il dégage une force tranquille, un parfum de caractère qui me rassure. Sous son toit de feuilles généreuses, je me sens en sécurité, protégée des intempéries et de la lumière crue qui pourrait m'agresser. Pourtant, je compte sur le vent pour écarter légèrement les feuilles, laissant toujours filtrer un peu de clarté, me rendant visible.

Je commence par poser mon coussin contre l'arbre, mon dos s'y appuie naturellement, mes jambes se croisent, et je fouille dans mon sac à l'aveugle. Mes yeux cèdent leur tâche à mes mains, qui explorent avec soin. Elles palpent, effleurent, enveloppent. Chaque doigt devient un œil, rendant possible l'impossible. Enfin, ma main trouve le dernier objet : mon livre. Mais curieuse, elle s'attarde sur la couverture, explorant ses textures. Sensible à cette douceur, je ferme les yeux, laissant la brise caresser mon visage.

Tout me semble réuni pour assurer mon rôle de lectrice publique, et pour m'en convaincre, je procède à une ultime vérification. Ma bouteille est bien à mes côtés, au cas où la salive viendrait à manquer. Il est possible, en effet, que je prenne trop à cœur mon activité, que je veuille trop me faire entendre. Un doute persiste encore en moi : je songe à faire machine arrière, mais je suis déjà repérée, ma lampe, qui éclaire chaque ligne, bien fixée sur le front...

Comme toute première fois, ce pas vers l'inconnu me laissera un souvenir indélébile.

Je m'apprête à lire à voix haute mes premières inspirations, et si je m'y tiens, je programmerai les suivantes tous les deux jours. C'est un cadre idéal pour elles, pour moi, et pour les intéressés, ceux qui voudront bien les écouter. La phase d'adaptation ne m'est pas épargnée et elle s'avère difficile. Le premier mot n'est pas un cadeau pour mes yeux voilés. Par peur de le manquer, je reprends mon souffle. Comme par magie, le mot s'étire dans ma bouche : « Inspirations ». Il ne pouvait pas mieux tomber. Presque un sans-faute, mais ma timidité absorbe la dernière syllabe.

Je ne suis pas très à l'aise, scrutant d'un œil inquiet une lumière, un regard, une réflexion suspecte, tout indice qui pourrait révéler mon problème. Ne m'assumant pas, j'incrimine mes rétines fatiguées. C'est pratique mais, à part moi, qui a vraiment remarqué ma maladresse ?

Comment puis-je espérer un public avec de tels états d'âme ? Comme je n'aime pas ce qui sonne creux, mon attention dérive : un œil part de côté, tandis que mon esprit passe par un portillon imaginaire, pour mieux écouter les voix lointaines et les bruissements proches. Ils sont bien là, ces bruits qui me rassurent et m'encouragent à continuer.

Ma lampe, en mode « plein phare », m'évite de mordre la marge. Je me sens en état d'assurer.

Rapidement, les phrases se lient d'amitié, rendant la lecture fluide. Ma voix, elle aussi, prend des intonations différentes, comme si elle s'imprégnait des senteurs printanières. Alors que des chuchotements se rapprochent, ma première page s'éloigne, laissant place aux suivantes, léchées par mes yeux qui finissent par me picoter. Je me résigne alors à lever la tête pour souffler un peu et rajuster ma vue. La Loire est toujours là, étalant son vaste courant d'eau, indifférente à tout, libre. J'aurais aimé, à sa place, une silhouette humaine, une présence quelconque. Je reste réaliste : il est peu probable que la lecture de mes textes intéresse un promeneur. Mais peu m'importe, je tiens mon pari, celui que j'ai fait avec moi-même : oser lire en public mes inspirations.

J'ai le mérite d'explorer l'inconnu. Les mots, portés par l'air du temps, n'ont jamais autant goûté à la nature. Sous son influence, certains d'entre eux ont vu des pétales pousser sur leurs lettres, adoucissant leur tranchant. Ont-ils déjà été aussi bien choyés ?

Ma canne blanche

On a tous fait un jour une rencontre spéciale, mémorable. La mienne, je l'ai vécue il y a maintenant trois ans, mais sur un terrain qui, pourtant, ne l'y prédisposait pas. À la porte de ma bulle, Gaëtane a frappé délicatement. Une approche discrète dans la petitesse de ma vue. Par habitude de son métier elle a placé la canne dans mon corridor visuel, si bien qu'il m'était impossible de reculer. De toute manière, j'avais promis à mon entourage que j'avancerais, que je sortirais à nouveau, que j'irais mieux.

Au fil des séances, j'ai compris que cette ergothérapeute m'apporterait beaucoup plus que des cours de locomotion.

Au début, cette canne blanche ne m'inspirait rien de bon. Elle me provoquait une douleur au poignet, m'encombrait, surexposait mon handicap.

Pour l'accepter, je la voulais bleue ! Mais ce caprice — ce premier rapport conflictuel — ne fut jamais satisfait.

Peu à peu, je me suis habituée à la présence de ce bâton qui n'était pas là pour me dresser, mais pour m'aider. En cessant de le bouder, j'ai rapidement été mise à l'action, sans transition ! La canne me semblait bruyante, trop bruyante. Je ne réalisais pas qu'elle balayait autant les cailloux sur mon chemin que mes blocages intérieurs.

Pour les esquiver, j'ai commencé à écrire. Gaëtane n'a manifesté aucune surprise lorsque je lui ai présenté un texte, quelques lignes écrites de ma propre main. Je ne sais où, je ne sais quand.

Je lui ai laissé le soin de les lire. Une lecture exigeante car mes mots, écrits dans l'emportement, ne respectaient aucune ponctuation. Des phrases ratatinées, qui rappelaient mon propre comportement : celui de vouloir être la moins encombrante possible.

Lorsqu'elle a levé enfin les yeux sur moi, je l'ai entendue me dire qu'il serait dommage d'en rester là, qu'avec une si belle plume, j'avais un besoin impérieux d'écrire, une urgence de dire. J'ai voulu la croire et étoffer ma confiance.

Toute ma jeunesse, d'une oreille impuissante, j'avais capté visuellement les mots formés sur la bouche des autres, alors que la mienne les déformait. Heureusement, j'avais pu compter sur le joli mouvement des lèvres d'une orthophoniste pour leur redonner une forme correcte. Les mots devenaient moins bizarres et, mieux encore, leur empreinte était belle sur le papier.

Des efforts que je pensais avoir largement fournis. Pourtant, des années plus tard, un professeur de français jugea mon écriture superficielle. J'avais pris sur moi pour ne pas lui répondre que son cours à lui manquait franchement d'attrait.

Dès lors, j'avais cessé de me dorer d'illusions — la fibre, je ne l'avais pas — jusqu'à ma rencontre avec Gaëtane…

Elle avait raison. J'ai un besoin pressant de reprendre l'inachevé. J'ai choisi le crayon le plus robuste, capable de résister à l'intensité des mots, pour les dompter – mais pas trop, quand même.

Je n'hésite plus : je me laisse porter par la vague de l'écriture, par le frémissement des tournures, évitant l'immersion totale pour savourer chacune d'elles. Pourtant, certains mots surgissent sans que je puisse comprendre ni leur sens ni leur place. Dans ce torrent je suis démunie, ne sachant qu'en faire. Alors, je tombe en panne d'idées, comme un crayon à court d'encre. Être à sec ou en manque permet néanmoins à mon corps de sortir de son ankylose.

Les bras tendus j'ouvre la fenêtre et ferme les yeux. Le vent me revivifie — certes fraîchement. S'il m'apporte de nouvelles inspirations, alors peut-être que je trouverais le courage d'écrire à nouveau.

Dans les débuts, une brume persistante m'obligeait à larguer les amarres. Une escale s'imposait pour soulager mes yeux fatigués. Les inspirations reviendraient. Parfois, elles jaillissaient en un éclair.

À présent, mon kit d'écriture me suffit. Rapidement, les mots réapparaissent, se multiplient, se chamaillent même, comme des poissons pris dans un filet. Loin de moi l'idée de les étouffer.

Alors, je lâche mon histoire, mais avec une certaine pudeur. Il me faut un fil conducteur pour ne pas me perdre, comme on tient la barre d'un navire pour maintenir le cap. En libérant les mots, je veille à ce qu'aucun ne soit lésé, car ils me sont si précieux. Qu'ils viennent par petits nœuds ou plongent dans les profondeurs, je finis toujours par les ancrer.

Probablement parce que je crains qu'une marée noire ne les recouvre trop vite : celle qui s'étale en flaques devant mes yeux, cherchant à tout prix à les éteindre. Mais je ne suis pas là pour me noyer dans mes états d'âme. Mon objectif est d'arriver à bon port, à la dernière escale, à la dernière page.

Le crissement de mon crayon

Il fait nuit, mais mon sommeil ne se laisse pas facilement border. Peut-être devrais-je coucher l'importun sur mon carnet coloré ? Je m'y résigne sans trop d'effort, car il m'apporte souvent une belle inspiration. Alors, ma tête peut enfin se laisser couvrir d'un drap et se vider de tout ce qui ne tourne pas rond dedans.

Mes yeux se ferment bien avant que l'obscurité ne prenne pleinement possession de la chambre, ne souhaitant pas recevoir davantage de ce noir qui a déjà pris de l'avance.

Une journée commence. Les premières lueurs pointent. La plus vive profite de l'écartement exagéré de deux lames de volet pour attaquer mes pupilles. Cette lumière acérée agite mes paupières, froisse mon front et n'est pas des plus accommodantes. Agacée, j'inflige à mes yeux ce frottement de poing désagréable. Mais cela n'atténue en rien la force du rayonnement. Avec son intensité immaculée, j'ai l'impression de voir une feuille blanche, une page qui ne m'impose ni marges ni limites. Quand mes pensées divaguent, il manque seulement le bruit de son froissement, qui m'est harmonieux, même en état de somnolence.

Mon crayon oublie toute flemme. Il est à l'œuvre. Parfois, il donne des à-coups sur la table. Mes jambes, en désaccord, se croisent et se décroisent. Je l'appelle, ce mot qui peine à venir, j'attire son attention. L'inspiration qui a retardé mon sommeil ne suffit pas : il faut aussi les mots qui l'enrobent joliment. Alors, je décide d'en lâcher à la pelle, sans trop réfléchir. Ils ne sont pas forcément les plus beaux, mais avec le temps, je m'étonnerai de leur beauté.

Si parfois le crissement de mon crayon s'intensifie au point de me déranger, c'est sans doute parce que je plonge dans les tréfonds de mes entrailles. Transcendée, j'en oublie de respirer. Dépossédée de mes poumons, j'aurais presque besoin d'une assistance respiratoire. Mais je retrouve toujours mon souffle, après quelques ponctuations. C'est long et effrayant, mais cela finit par revenir. Alors, je m'incline devant les vers glanés, devant les rimes cueillies. Par la fenêtre entrouverte, la poésie s'échappe, imprégnant la nature et s'accordant avec le chant des oiseaux.

Sa voix est timide mais claire

Divers et variés, les sujets qui m'intéressent véhiculent pourtant tous le même message : « Saisissons la vie, l'essentiel. » Alors peut-être vous arrêterez-vous quelques instants, peut-être serez-vous seulement de passage.

Mon arbre est devenu mon protecteur. Sous son ombre, je me sens à l'abri de tout. Rien ne peut m'atteindre ou me blesser.

Je suis une personne qui cherche à extraire la plus petite des joies, même dans les circonstances les plus modestes. Chaque moment a son trésor.

Lorsque je retire le marque-page, mon plaisir a pris tout pouvoir – celui d'en donner aussi. N'est-ce pas le principal ?

Des phrases, des phrases encore, coulent de ma bouche bien entraînée, comme une rivière familière. La journée s'avance : après l'école, après le travail, après la sieste. Alors, la nature accueille le tumulte des humains. Étrangement, ce tintamarre se concentre autour du frêne. Je ne suis visiblement pas la seule à l'aimer.

Certains inventent des histoires à raconter, d'autres simulent la perte d'un objet, toujours à proximité de l'arbre. Ces gens auraient fait le bonheur d'un réalisateur en panne d'inspiration, désœuvré devant sa page blanche ou son écran noir. Peut-être cherchent-ils, après tout, un prétexte pour m'écouter...

Toute écoute, je l'accepte, tant qu'elle est respectueuse, tant que les voix ne couvrent pas la mienne.

J'humecte mes lèvres. Une belle lampée d'eau étanche ma soif. Je me permets ensuite le plaisir d'un bonbon mentholé.

Alors que je m'apprête à entamer un nouveau paragraphe, le bruit d'un ballon interrompt mes pensées. Il roule jusqu'à mes pieds. Par politesse, j'attends son propriétaire qui le récupère à la sauvette. Il me glisse un remerciement, puis disparaît. Tout s'est passé si vite que je n'ai rien vu de lui, sinon son allure.

Puis, sans prévenir, il est de retour, face à moi. Une grande mèche blonde traverse son front sans altérer la finesse de ses traits. Il a une tête d'ange. Mes oreilles, impatientes, entendent sa voix timide mais claire : « Papa adore vos textes. »

Je ne sais pas si c'est l'effet de l'éloge ou la retenue de l'enfant qui m'émeut mais une émotion envahit soudain chaque pore de ma peau.

Je lui souris franchement et remarque qu'il n'est plus si pressé de s'enfuir. J'en profite pour lui dire que je suis là tous les deux jours et qu'il pourra revenir. Il me tarde de rencontrer son père qui fait sans doute partie de ceux qui prennent mes mots au vol.

Alors qu'il s'éloigne en me remerciant, je constate que la nature déverse ses couleurs devant mes yeux. Je les laisse remplir mon cœur.

Peindre généreusement le bonheur, voilà ce que je veux.

Deuxième lecture
Le bruit du monde

Il suffit d'un fou rire

La vie est un trésor, qui peut se dispenser de briller, car sa richesse on la trouve aussi dans la singularité. J'aime la main qui me veut du bien, l'amour ou l'amitié. Entre nos deux paumes la pluie, la neige, le froid, ne peuvent s'y glisser. Et parfois je n'ai besoin de rien, ni de personne, pour m'enfermer dans ma solitude. Seule la caresse du silence m'intéresse, perdurant un certain temps, puis mes oreilles au creux de l'ennui réclameront de nouveau chahut et tintouin. Ma main cherchera chaleur dans son centre, chaleur humaine bien sûr, et quelques fois l'étreinte ne sera pas loin derrière. On s'attrape, se rattrape du temps manqué ensemble. Lorsque nous parlons le même langage, facile d'être soi, facile de voir en l'autre. Tout nous enchante en même lieu, en même temps.

En décachetant une faiblesse, on se met à nu.

Tout bruit allant de l'estomac aux intestins est suspect, évoquant un dérèglement émotionnel. Laissons sortir des paquets d'émotion s'il le faut. Pas de mal à cela, pas de temps à perdre quand il est question de se réparer, et la réparation est délicate lorsque qu'elle touche la douleur psychique. Place alors aux sensations agréables, toutes, sans exceptions. Moi, j'aime prendre une plume et la laisser glisser sur mon visage, surtout quand elle est guidée par une main aimante. J'en oublie mes soucis. La plume les balaie. Elle bifurque aussi sur mon front que je plisse sans cesse pour mieux voir. Elle s'attarde dans les plis qui sont des pièges à mélancolie. Elle n'oublie pas mes yeux, suit un mouvement circulaire, ces derniers qui par magie s'agrandissent. Ce n'est évidemment pas ma vue d'hier que je retrouve, aucun espoir à cela, mais une vision des choses plus belle. Et lorsque que la plume arrive au bout de son périple, j'ai parfois un fou rire. Il est unique, me dira l'être aimant.

Je ne suis pas spécialement superstitieuse, pourtant j'ai entendu dire qu'il n'y avait pas de hasards. Alors j'ai repensé à certains signes, comme la bourrasque imprévisible qui m'a empêchée de revenir sur mes sombres souvenirs, comme le glissement inopiné du drap satiné sur mon corps dont l'effet de douceur et de brillance m'a rendue belle, comme mon esprit soudain confus lorsqu'une mélodie m'a replongée dans un souvenir radieux. Mais je gagnerais du temps si je comprenais que je suis celle qui déclenche ces signaux. Dorénavant j'admettrai ce petit appel sans influence, qui me fera doucement sourire.

Ce dont je suis sûre c'est qu'il n'y a pas de deuxième vie, de seconde chance. Mon cœur est infatigable, j'ai encore plein d'expériences à vivre et je me ferai le cadeau d'un bouquet de temps. Je demanderai à un proche de me compter les étoiles, celles qui ne veulent plus de moi. Je dois laisser libre cours aux émotions qui tambourinent dans ma poitrine car, après tout, la vie ne tient qu'à un fil.

Je dépose mes secrets

Chaque jour, la nature cherche à nous détourner du bruit tonitruant que fait le monde en souffrance, à cause des guerres, des peurs, des doutes, des injustices, de l'égo de certains... Les grandes inspirations que nous prenons sont un refuge pour fuir la réalité, s'en éloigner quelque peu, quelques temps disparaître, chassant littéralement tout ce qui se respire mal, se digère mal, tout ce qui abime nos oreilles et brutalise nos yeux. Un ensemble parasitaire. N'admettre alors que le chuchotis d'une rivière pour se recentrer sur le fondamental : un ravissement parmi tant d'autres....

Au pied de l'arbre, allons à la plus robuste des branches nous accrocher, nous raccrocher à ce que nous n'espérions plus. Décrocher notre rêve ! Puis, au cours de notre ascension, faisons grandir les émotions au point de perdre l'équilibre, au point de se demander si c'est le ciel qui se rapproche de nous ou l'inverse. Comme le veut ce bleu intense, élargissons notre degré de confiance.

Les insectes n'iront pas butiner la fleur défraîchie, préférant celle d'à côté. C'est une sensation que je connais bien, parfois seule dans mon coin. Et malheur à celui qui s'approche, le handicap ne serait-il pas contagieux ? Bien sûr, je pourrais faire le premier pas, mais ces regards, braqués sur moi, me perturbent. Peut-être pourrions-nous nous entendre dans la pénombre, là où la différence s'estompe, là où les cœurs s'apaisent. Étonnamment nous parlerions le même langage, naturellement nous nous arrêterions sur cette fleur fragile. Enfin on s'intéresserait à elle, à moi.

Combien de fois ai-je évité ce banc vide avant mes problèmes de vue ? Prise dans la course au temps, je l'ignorais. Il me prenait parfois l'idée d'y poser une fesse, et encore ! Aujourd'hui, je savoure sa présence quotidienne. Le temps s'est délicieusement ralenti. Je m'empresse de vivre mieux.

Lorsque nous écoutons la mer, ne négligeons pas le rugissement des vagues, elles attendent patiemment nos colères tardives, si désagréables dans leur refoulement. Je guetterai leur fracassement contre les rochers immuables, comme aguerris. Pareillement, je résisterai à l'amertume. Puis, le calme arrivera après la tempête. Il sera là, bien grand le bruit doux de la mer.

Je profite des nappes de brume pour déposer mes secrets au bord de l'eau, une nature qui n'est jamais en jugement. Parfois, elle rajoute un peu de brouillard pour me distraire, j'en oublie alors ce que je lui ai confié. Je me contente de sa nouvelle lumière, jamais entrevue jusqu'ici. Entre elle et moi, c'est une belle histoire qui se raconte.

Comme une étoile de mer

Au lendemain de mes rêves, mon esprit est souvent confus. Dans leur contenu, certaines images ou scènes me laissent parfois perplexe. J'ai beau creuser dans ma cervelle, rien ou presque n'est en lien avec la réalité. Je dois me rendre à l'évidence : tous ne s'interprètent pas, à l'exception de celui-ci. Il a été d'une limpidité du début jusqu'à la fin. J'ai entendu une déflagration, les murs de ma chambre exiguë se sont écroulés pour s'ouvrir sur une vaste prairie laissée à l'abandon. Ce bruit était si impressionnant que j'en retenais mon souffle. Un silence soudain, mais le rire d'un enfant l'a dissipé d'un coup. Intriguée par ce petit personnage, j'ai repris ma respiration. Ses boucles blondes filaient dans la luzerne. La végétation s'est subitement refermée et le soleil trop timide l'a effacé. Vivement j'ai écarté les hautes herbes pour courir à sa rencontre. C'était une fillette. Elle s'était allongée comme une étoile de mer. Ses grands yeux verts regardaient le ciel et son sourire angélique semblait attirer le soleil. Avec plaisir j'ai retrouvé mon âme d'enfant et me suis laissé tomber dans l'herbe à côté d'elle. Comme elle j'ai regardé le ciel devenu bleu, puis ses cheveux blonds. Boucle d'or est alors le prénom qui m'est venu à l'esprit. Elle aurait pu être au centre d'un joli tableau qui se serait appelé le souffle de l'innocence.

Pour la première fois j'ai entendu sa voix, fluette, mais claire :

— Fleur !

Le mot a traversé l'espace, distinct, comme amplifié par une force invisible, comme si on savait que je n'entendais pas. Puis, une apparition : une fillette a surgi, exactement dans mon champ de vision, ni trop à droite, ni trop à gauche, comme si on connaissait le défaut de ma rétine. Le trouble m'a saisie mais je me suis laissé porter par ce rêve. Fleur. C'est ainsi qu'elle l'a appelée. Son amie, peut-être. Elle l'a serrée dans ses bras puis d'un geste presque solennel les fillettes ont jeté leur masque. Leurs rires se sont libérés et la scène s'est effacée dans la lumière.

Au réveil, j'y pensais encore. Ces instants d'étrange liberté ! Et s'il suffisait d'y croire ?

Le temps qui passe

Partout où je passe je cherche des miroirs. Ne suis-je pas dans l'obsession des traces du temps ? Vraisemblablement, mais je me persuade que les rides sont les indicateurs d'un bon vécu. Et si l'optimisme était la solution pour geler leur apparition ? Je me replonge alors dans mes premiers émois qui ont donné de magnifiques ailes aux papillons de mon ventre. Dans la fougue de mes vingt ans, la vie n'était jamais assez trépidante. Puis, quand mes trois filles sont nées, seule l'agitation de leurs petits pieds et de leurs petites mains a compté. Le rappel de ces doux moments lifte mon visage mais ma peau n'échappera pas au temps qui passe. Je me rassure : tant que les rides ne pénètrent pas dans mon cerveau mon esprit reste jeune. Il ne tient qu'à moi de continuer à me vautrer dans l'''insouciance, de délaisser les rancœurs et espérer ainsi gratter quelques années. J'aimerais être comme le parchemin qui en vieillissant prend de la valeur. Et si je délaissais les *si* qui sont des entraves et ne craignais pas de bien vieillir ?

Étincelles de vie

Certes, il y a eu quelques passages à vide sonnant le creux, emplis de noirceur, comme dans des tunnels. Certes, il y a des pincements de paumes, de lèvres, de cœur qui m'ont fait saigner. Hélas, je ne suis pas la seule. Consciente que la vie est faite de hauts et de bas, je me place au milieu de tout ça, j'en fais un tri. Je me choisis un sourire car rien n'est jamais fini. Les ébauches, les esquisses, les essais, les expériences donnent de jolis tableaux, de beaux livres, de belles réussites.

Mes sens sont des pépites, bien que certains

aient perdu de leur éclat. Ils arrivent encore à faire scintiller ma vie : attentives sont mes oreilles à la dernière danse silencieuse d'une feuille d'automne, frémissantes sont mes narines à l'arrivée d'une nouvelle saison. Quand l'hiver s'invite, la nature imberbe connaît son plus grand désarroi : craquement des branches, grelottement des feuilles… j'entends tout cela, ces plaintes qui s'espaceront avec la douceur du printemps. Puis cette agréable saison que j'aime traverser : la touffeur de l'air est l'occasion de me dévêtir de mes angoisses, de me frotter à l'été. Alors je me laisse tomber sur le sable brûlant.

J'ai rendez-vous avec moi-même

Cette phrase que j'ai en tête : « J'ai rendez-vous avec moi-même », je me la répète pour ne pas être déçue si personne ne passe. En fait, c'est l'absence de lumière qui me préoccupe davantage, cette frayeur du noir sépulcral. Bien qu'aucune pluie ne soit annoncée, les nuages s'obstinent dans un encombrement inquiétant. J'admettrais quelques gouttes dans mes cheveux mais je ne supporterais pas un ciel charbonneux au-dessus de mes yeux éteints. Je ne serais pas contre la pluie soudaine, pour ne pas dire colérique, des éclaircies inopinées, pour ne pas dire effrontées, le bonheur de voir apparaître un arc-en-ciel. Décidément, tout devient trop sombre. Je dois m'écarter de mon arbre, un peu, à la limite du ciel. Bien que mon livre soit grand ouvert, il ne s'inonde pas de lumière. J'utiliserai donc ma lampe, ce sera mieux que rien : les lettres se détacheront un peu du papier. J'aime les ombres, les brumes et les brouillards au-dessus de l'eau ou s'élevant des pâturages mais pas sur mes lectures qu'elles effacent d'un coup.

Évidemment dans cette ambiance morne, mes pupilles ne sont qu'en désir de couleurs, pour dévorer celles des feuilles d'arbres si verdoyantes et boire avidement la Loire pour ressentir le vertigineux bonheur, sans les effets secondaires de l'excès. Le fleuve apprécie justement la caresse de quelques barques qui successivement percent des bancs de brouillard.

Quand le pêcheur devient fantôme, mes yeux fragiles trouvent une autre distraction : je m'invente des histoires, brouille les pistes, noie le poisson, pars en dérision. Une disparition inexpliquée parmi d'autres dont certaines ne s'élucident jamais. Bien évidemment cela m'arrange et me déstresse de mon inconfort visuel. Le dossier « mystère sur le fleuve » est donc bien clos. Puis, retirant le signet dans le but de reprendre ma lecture à voix haute, je laisse les pages se tourner dans le vent. Libre à moi de poursuivre sans boussole. Seule encore, j'en saisis le moment comme une phase d'échauffement. Posant mon regard sur la première ligne de nouveau ondulée, je regrette d'y lire le mot « bonheur », pourtant si joli mais malheureusement bancal. Je finis pourtant par le prononcer, m'engouffrant dans une symphonie de bien-être, jusqu'à être dérangée par une phrase derrière moi : « Elle est bizarre avec son truc sur le front ». Mes oreilles se ferment alors pour ne garder que la beauté du texte.

À chaque fin de chapitre, je prends soin de moi : j'attrape ma gourde, je m'étire, je me masse les yeux. En retrouvant toutes mes facultés, je remarque la présence de deux personnes. Au premier abord, je pense à une maman et à sa fille, mon premier public. Comment puis-je leur être reconnaissante ? Je tente un signe de tête furtif. La maman me le rend aussitôt. Sa fille, en revanche, regarde en direction du ciel, toujours menaçant. En a-t-elle peur ? Est-t-elle intriguée par la nébulosité d'un cumulus ? La maman qui s'était sans doute assise dès le début de ma lecture se lève enfin. L'enfant, porteuse d'une prothèse auditive, doit avoir une dizaine d'années. Ma vue tubulaire me permet de me focaliser sur certains détails comme son récepteur cochléaire, caché sous sa queue de cheval. Aussi étrange que cela puisse paraître, je peux ainsi voir la coccinelle mais pas le chien qui se tient juste à côté, s'il est en dehors de mon champ visuel.

Comme il me faut du temps pour m'adapter à une autre image, je néglige le visage de sa mère qui semble m'avoir fait un signe. Sans la rencontre de nos regards, sans le moindre contact, je n'ai rien raté de la fillette, comme si quelque chose nous unissait. Peut-être notre syndrome de surdité. Moment d'évasion : vole, vole le goéland. Souffle de liberté d'un bonheur innocent, que je prends au vol malgré le vent.

TROISIÈME LECTURE
Le ravissement

Le soleil sur la pierre

Comme tous les matins, la statue du Bouddha de notre jardin, visible depuis mon lit, assiste à mon réveil. Je m'extirpe du sommeil en apercevant le soleil sur sa pierre. Et comme rien de particulier ne m'attend, ni ici ni ailleurs, mon attention se pose sur lui. Je suis suspendue à l'attente d'un signe, d'un frémissement qui donnerait du poids au temps, qui l'alimenterait. Mais rien ne vient, rien n'offre matière à le remplir. Seule mon oisiveté est affamée. Je m'y installe, m'y abandonne, au risque de m'y perdre.

Alors, je me rapproche, j'observe la statue et la décris. Elle a beau être de pierre, ses traits sont doux. Son ventre rebondi s'impose avec une assurance tranquille, s'épanouit dans toutes les directions. Son humeur, elle, ne varie jamais, quel que soit le temps. Ses yeux bridés, comme deux petites bouches étirées, semblent rire d'un savoir que j'ignore. Je tente d'en esquisser la courbe sur mes lèvres. C'est déjà un début.

Et si, pour une fois, je cessais de me fixer sur mes imperfections pour donner la priorité à ce qui est beau ?

Il y a quelque chose d'inexplicable, d'inattendu : quand une journée que l'on croyait morne devient, soudain, la plus intéressante à vivre.

À fleur de peau à fleur de terre

Mes yeux ont vu trop de gris ces temps-ci et prennent d'assaut un tableau aux couleurs chatoyantes. Le bleu outremer est comme une projection de bonheur. Je fais un pas supplémentaire, espérant recevoir d'autres éclaboussures. Mais pourquoi en vouloir toujours plus ? Cette ration de pigments n'est-elle pas suffisante pour ma journée ?

Il y a des jours où je délaisse ma joie, où je la sens lointaine, accaparée ailleurs… ou peut-être m'est-elle devenue étrangère ? Lorsqu'elle tarde à revenir, le doute s'installe : et si son moule n'était pas taillé pour l'être hors normes que je suis ? Absorbée par cette pensée, je ne remarque pas tout de suite qu'elle m'accompagne toujours, imprimée en moi depuis la naissance.

C'est en goûtant au plaisir le plus plus infime que j'en découvre la souplesse : il se plie, s'adapte, s'étire jusqu'à atteindre une grandeur insoupçonnée. En vérité, il ne trompe pas, ne se dissimule pas.

Finalement, n'est-il pas simplement à la portée de tous ?

Dans mes yeux, les couleurs ternissent mais ne s'effacent pas. Il suffit d'un jour de chance, où la fatigue se fait plus discrète, pour que mon regard ressemble au vôtre. Qu'il soit pétillant, enflammé ou de braise, peu importe : je pourrai alors apprécier la feuille d'automne couleur feu. Et lorsqu'elle s'effrite, un éclat de bonheur subsiste. Le reste d'un temps précieux, le reste d'une crème brûlée… Et quand tout semble épuisé, mes autres sens, eux, sont inépuisables, toujours prêts. À cœur joie, ils s'éveillent : au son de l'écorce crépitant sous mes pas, à l'odeur de l'humus, à la sensation de ma main glissant sur les rides d'un arbre. Et comme par magie, tous mènent à l'enchantement.

Mon oreille est sensible à tout mot guilleret, qu'il soit chuchoté ou crié : un ravissement jamais parasitaire. Mots voluptueux des jours heureux. Délicate étreinte d'un soir, timide rayon d'un matin. Instants aériens d'une extase qui me caresse, me ravigote. Mais parfois, tout me pèse.

Piégée par mon hypersensibilité, je sombre, tirée vers le bas. Une chute qui, de loin, pourrait ressembler à une descente aux enfers, mais qui suffit à m'étouffer, à m'opprimer, jusqu'à vouloir remonter.

Tout là-haut, je ne suis plus à fleur de peau, mais à fleur de terre. Juste elle et moi. Enivrant vertige que d'être la seule à tenir tête au vent, au bord d'une falaise. Dans cet état de grâce, je renais.

Pour certains, l'étincelle prend la forme d'une aiguille de pendule, un signe que l'heure du bonheur a sonné. Pour d'autres, elle est un éclat lumineux, une boussole indiquant la route à suivre. Les uns y voient un rappel qu'il est temps d'être heureux, les autres une certitude que la sérénité se trouve bien sur ce chemin.

Des traces éphémères

La vie est une course contre la montre que mon handicap a considérablement ralentie. Il ne m'a pas laissé le choix. Je continue ainsi à suivre le tempo de mon horloge. Sur le sable mouillé, j'avance à mon propre rythme et, par endroits, je m'amuse à calquer mes pas sur les empreintes régulières de ces gens qui, comme moi, prennent leur temps. Quant aux autres, ceux dont les traces sont chaotiques, éphémères, je les abandonne aux vagues qui les effacent sans effort. Peut-être n'ont-ils jamais assisté à l'embrasement du soleil sur le mât d'un bateau…

Le rose m'évoque presque la perfection — peut-être parce qu'on parle de "la vie en rose". Pourtant, la vie ne l'est pas toujours. Cette teinte rare, délicate, semble toujours un peu hors de portée. Il faut tant d'essais, de nuances entremêlées de quelques ratés, pour espérer l'effleurer. Mais en scrutant les nuages à la tombée du jour, puis ceux de l'aube, et à force de patience, j'apercevrai sans doute un cumulus déployer sa longue traîne d'un rose profond.

Perspective ou superstition ? Qu'importe ! Ensemble, ces nuages annoncent une journée plus douce, où les angles s'arrondissent, les marches se font légères, les virages moins abrupts, les trous comblés…

J'ajoute à cette promesse l'arôme d'une rose, son effluve puissant et fugace, espérant qu'il repousse au loin le relent des tourments, qu'à distance, ils perdent de leur emprise, de leur tranchant.

L'eau de rose, elle, redonne de l'éclat à mon

visage, jusqu'à en éblouir le miroir, jusqu'à entrevoir mon allégresse à travers la buée.

Parfois, j'aurais voulu que la tristesse se dissolve dans le brouillard. Mais elle préférait s'emmêler à mes pensées, s'épaississant jusqu'à devenir visible aux yeux de tous. Alors, il me fallait agir, l'éclaircir autant que possible.

Elle résistera encore, retenant mon esprit par quelques chaînons, l'empêchant d'atteindre la pleine clairière. Mais j'ouvrirai les tiroirs de mon imagination, y ferai naître un corbeau chargé de déloger mes dernières pensées noires, me rappelant qu'elles ne sont que de passage — comme les nuages. La plénitude se fraye un chemin, même par fragments. Pas besoin d'aller bien loin pour la trouver.

Toujours soucieuse de mon temps, j'aime aussi réveiller un livre de sa béatitude, imaginer son soupir à la toute dernière page. Le mien, ne fait aucun doute : je l'ai bien entendu.

Matin neuf

On s'enflamme un peu trop à son passage. Qu'espérons-nous de cette nouvelle année ? On attend toujours mieux d'elle, mais ne finira-t-elle pas par se lasser de nous ? On se brûle les ailes en pensant qu'elle sera de meilleur augure quand notre priorité est d'avoir la santé, le moral. Certains comptent les heures qui les séparent d'elle, comme si leur vie en dépendait. Moi, je n'ai compté que les précieuses minutes passées avec mes amis au coin du feu. J'ai déjà exhaussé un premier vœu avant l'heure : nous reconduisons notre amitié. Pour les autres, je n'irai pas les chercher sur la lune, je ne ferai pas de plans sur la comète. L'année dans ses débuts, je la prendrai jour après jour, dose après dose, morceau par morceau. S'empresser, s'empiffrer, ne nous rendra pas meilleur ni plus heureux. Ce soir-là, les flammes s'en sont donné à cœur joie. Avec mes amis, nous avons été témoins de cette gaité qui ne demande pas grand-chose, juste d'être entretenue. Et de celle-là, il y en a en abondance.

Au premier matin neuf, pas de nouveauté, les mots ont retrouvé facilement leur place dans mon esprit bien rangé. Je reste attentive à toute nouvelle odeur, à toute nouvelle couleur, mais en aucun cas je ne laisse de côté celles qui me sont déjà familières. Je ne prends plus à cœur ce qui m'écœure, comme la violence banalisée, la nature souillée. Je continue aussi à prendre soin de ceux que j'aime et me rends la vie plus simple car j'ai compris que je ne peux être aimée de tout le monde. Les mots, les gestes qui peuvent déplaire, je n'y prêterai plus attention. J'éviterai aussi les âmes complexes de peur de me perdre dans les méandres de l'incompréhension.

 Avant tout, je remercie la terre de me porter, de me supporter, de ne pas m'enfoncer, car sous mes pieds je n'oublie pas que dorment mes chers disparus. Chacun de nous ou presque vit le vide de leur absence. Malgré tout nous aimons la vie. Mon papa aimait les belles histoires, les mélodies aussi. Je suis assise à côté de sa tombe, émue. Je regarde mon arbre, mon sauveur. Il est là, tout près. Je cherche sur mon portable la musique qu'il écoutait et la pose sur le marbre froid de son nouveau logis. Dès les premières notes, j'inonde de mes larmes cette terre muette. Je veux croire qu'il a entendu sa ballade, qu'elle lui a fait du bien.

Clins d'œil aux promeneurs

 Aujourd'hui, le ciel est d'un bleu délavé, couleur qui perd de sa noblesse par l'agonie des cellules de ma rétine. Mon nuancier a retiré le bleu azur, celui qui nourrit mes sens. J'aimerais pouvoir retarder l'heure de la restriction des couleurs, retarder le moment où il ne restera plus que du gris et du blanc. Toutefois, mes lectures me détachent de ces tourments. Aujourd'hui, contrairement à la fois précédente, je cherche beaucoup d'ombre. L'arbre saura y faire et je supplie ma lampe frontale de ne pas s'éteindre. Je suis dans le paradoxe du trop ou du pas assez. La nuance du jour est à l'éblouissement et bien que la lumière naturelle soit belle, elle se montre trop généreuse au point d'attaquer mes yeux. Dans son agressivité les mots prennent peur, à tel point que la page retrouve sa blancheur immaculée.

La Loire scintille par endroits, comme des clins d'œil adressés aux promeneurs. Dans cette invitation à la flânerie ils sont de plus en plus nombreux. Ils se laissent aller à l'euphorie. Quant à moi, je libère une première envolée de mots. Les oiseaux se prennent aussi au jeu, piaillements et sifflements à tour de rôle, comme une pluie d'applaudissements qui me fait doucement sourire. Cette illumination sur mon visage, sans que j'en prenne conscience, attire mon premier spectateur. Puis j'entends des jeunes, probablement des adolescents. Même appareillée, certains mots m'arrivent amputés, ou manquants mais je perçois ceux qui sont essentiels et beaux. Ont-ils dit *meuf, bizarre* ? Sans doute mais mes oreilles les ont immédiatement bloqués. Un homme a jugé bon d'intervenir, leur suggérant d'aller ailleurs, puis il s'est installé sur l'herbe à côté d'une femme, sans doute la sienne. Ils sont tout près de moi et je leur souris. Derrière eux, j'aperçois de nouveau la maman et sa fille. Pourquoi cette dernière me procure-t-elle autant de joie, mêlée à une vive interrogation ? Comme une intuition. Il suffirait d'un mot pour la connaître mais une méfiance insoupçonnée vient troubler cet élan. Autour de la fillette, il y a comme une zone à ne pas franchir. Elle se tient loin des objets, des gens, même des feuilles de mon arbre. Peut-être a-t-elle un autre souci que l'audition. Je reporte cette réflexion à plus tard car je dois me concentrer sur mon texte dont le thème du jour est la tolérance. Dommage que les ados que je semblais déstabiliser ne soient plus là. Mes stratégies d'adaptation nous auraient permis d'en débattre.

J'ai probablement laissé transparaître un bref sentiment de désarroi car le silence a subitement pris le pouvoir. Pour être franche, je collectionne les colliers d'émotion qui roulent comme des perles jusqu'à la surface de ma peau. Je fixe donc mon attention sur l'illustration que je suis sur le point de montrer et qui parle de différence. L'image est claire. Je termine mon intervention sans bruit, une façon singulière de respecter ce nouveau message.

Figée dans mon mutisme, je suis des yeux le chemin qu'empruntent la mère et sa fille. Elles feront un bout ensemble, probablement jusqu'à la maison du silence.

Plongée dans ma curiosité, je n'ai pas vu le couple s'approcher. La femme dit :

— Ces textes si beaux sont-ils de vous ?

Je me tourne vers elle et cherche son visage dans mes confettis de vision. D'abord un œil, bleu pâle, puis un sourcil joliment tracé puis ses lèvres à peine maquillées. Elle me semble jeune. Elle poursuit :

— Avec mon mari on aimerait bien lire ce que vous écrivez.

Mes joues rougissent : je m'attendais si peu à cet élan de gentillesse.

— C'est une réflexion qui me tient à cœur. Il est question de bonheur. J'en lis des extraits tous les deux jours sous cet arbre.

— Alors, nous viendrons vous écouter. Quelle belle écriture.

Je la remercie. Ils s'éloignent.

Moment de ravissement. Je range mes affaires. D'un coup les couleurs se font plus précises. Il a suffi d'un mot, d'une phrase pour illuminer mon nuancier.

QUATRIÈME LECTURE
Je suis comme je suis

Ma colocataire

Je m'apprête à combler de bonheur mes parents, mais ils ne sont pas encore au courant de ma différence. Au cours de l'expulsion elle est bien là, à mes côtés... Il me revient alors l'image d'une fleur au milieu d'un rocher qui, tout comme moi, devra assumer sa marginalité.

Dois-je l'appeler ma colocataire ou mon imposteur ? Colocataire me semble être le terme le plus approprié pour en faire une partenaire supportable, même s'il est utopique de penser que nous puissions être sur un pied d'égalité. Je serai toujours à la hauteur d'un papillon, qui de ses ailes abîmées vole plus bas que ses copains. Jamais comme les autres.

J'aurais voulu que le sort me donne le choix entre l'imperfection visuelle ou auditive, une pensée un peu loufoque, mais il faut croire qu'il a fait du zèle en jouant sur les deux tableaux.

Évidemment dans cette abstraction des sens je

perds en équilibre, déstabilisant mon entourage, tout en essayant de paraître la moins bizarre possible. Il va de soi, qu'à force de chalouper on me placerait sans difficulté en marge de la normalité. Pour éviter cette mise à l'écart, j'ouvre grand mes yeux et mes oreilles en me contorsionnant pour attraper les images et les sons au vol. Quand des mots blessent mon amour propre, je m'éclipse jusqu'à l'aube. Au matin, plus apaisée, j'ose affronter ma différence. Après un long dialogue silencieux, nous concluons un pacte : si je l'ignore, elle me laissera en paix.

Je comprends enfin qu'elle aussi est prisonnière, elle n'a pas choisi d'être là mais je ne peux pas non plus l'ignorer.

Entre les non-dits et les trop-dits, je serai toujours jugée. Je le sais. Alors, je laisse passer ceux qui ne croient pas en moi, ou ceux à qui ma tête ne revient pas. Sans parler de ma particularité qui en dérangera toujours un quelque part...

L'infiniment petit

Des sens en peine mais pas en panne, les images et les sons sont brouillés, craquelés, diminuant ma jauge de sensations, sans être complètement éteints.

Le monde est énigmatique quand un bruit,

une voix, une odeur, une tête, un bras viennent et repartent aussi vite qu'ils sont apparus dans mes champs visuels et auditifs. J'en ressens un vertige immédiat et, pour me protéger, je rentre dans ma bulle. Mes antennes intuitives m'alertent cependant quand les sanglots d'un proche déchirent la pluie battante ou que sa tristesse traverse la brume.

Il me faut alors canaliser mes autres sens, qui s'affolent désespérément, pour combler le manque et m'épuisent. Volontairement je les bâillonne pour me reconnecter au monde.

Devant moi et autour de moi ne sont que couloirs, murs et balises. Bizarrement, je sens ces limites invisibles me frôler mais je ne vais pas pour autant me glisser dans cet espace rétréci. J'assume mes angoisses, j'irai au bout de mon objectif, en comptant sur mes mains et mes doigts qui sont mes yeux, sans oublier ma canne qui, elle, s'occupe déjà de mes pieds. Il m'arrive, dans la colère, de pousser ces murs imaginaires, mais rien n'y changera, je serai toujours dans ce réduit inextricable. Alors j'irai m'asseoir sur un banc, face à la mer, et les citations positives qui auront éclairé ma nuit feront scintiller les grains de sable.

Je ne cherche jamais la plus belle des fleurs, je

ne concentre pas mon solde de vue sur les pétales qui pourraient manquer mais je m'arrête sur les gouttes de rosée qui tiennent comme par magie. Il suffit alors d'une secousse pour que nos larmes coulent ensemble.

Les ombres m'aiment, désirent me posséder entièrement, et dans leur progression piègent ma propre silhouette. Lorsque l'envolée des mouettes m'échappe, je ferme les yeux pour mieux saisir leurs cris. Je reviens ensuite à mon demi-silence, mon demi-jour, heureuse d'avoir saisi cette pleine sensation.

Je me souviens des prairies de mon enfance, remplies de fleurs des champs. Aujourd'hui, dans l'infiniment petit de ma rétine, il n'y a de place que pour un seul pied d'immortelles. Mais l'abondance des effluves passées et présentes les transforme en un parterre de fleurs sauvages, multicolores et odorantes.

Je ne vais plus au cinéma car le noir absorbe les couleurs et les dialogues se brisent. Ma tablette Androïd s'adapte le mieux à mon univers exigu : sous-titrage, écouteurs, bluetooth. Comme les images ne s'évadent plus de mon champ visuel grâce au bouton pause, je peux désormais suivre l'intrigue d'un film sans rien manquer.

Quant aux couchers de soleil, leurs formes semblent se dissoudre, s'étalant dans le ciel comme une œuvre abstraite.

Les visages familiers sont eux préservés dans ma mémoire visuelle alors qu'il me faudra du temps pour graver dans mon disque dur le visage de mes nouvelles connaissances : mouvements de tête, captures répétées d'un regard ou d'un sourire seront nécessaires pour restituer leur unité.

Pour ce qui est du ciel, il m'est doux de penser qu'il manque parfois d'inspiration, plutôt que d'imaginer que mes rétines s'éteignent peu à peu.

L'éventail des couleurs semble bloqué. Même dans mes rêves, il ne s'ouvre plus.

La dernière nuance que je percevrai deviendra toute mon histoire. Je ne parlerai que d'elle. Elle aura le pouvoir étrange de retarder la venue du noir.

Ma main curieuse a pris la forme des reliefs. Elle saura sans difficulté trouver celle de mes proches mais mon oreille aura toujurs besoin des lèvres pour déchiffrer les paroles.

Avec moi, la lumière ne connaît plus de juste milieu : trop forte ou trop faible, elle me trouble.

Le soleil m'éblouit, la pénombre m'éteint. Et tous deux m'aveuglent.

Mais mon esprit, lui, a sa propre carte : une boussole intérieure. Il me guide vers ce qui me fait du bien. Il est peu probable que je me perde sur le chemin des plaisirs.

La mesure est dans l'air du temps. Apprendre à vivre sereinement avec ce que l'on a.

Soleil, ne me quitte pas !

Sur mon muret, dépliée de tout mon corps, j'essaie de t'atteindre avec l'extrémité de mes doigts, et même si j'y parvenais, mon âme ne me suivrait pas, recroquevillée sur-même. Une frustration qu'en toute logique je ne mets pas en lumière. Patiemment tu attendras que je rayonne de tout mon être, que je m'extasie sur tes couleurs, que je te complimente en rimes, mais pourquoi faire semblant ? Mes bras sont retombés, avec un sourire de désolation que j'essaie de rendre gai car ta déception m'affecterait. Ce n'est plus comme avant. Mes yeux malades n'en finissent pas de voir des ombres.

Mon soleil, tu viens de comprendre ce qu'il m'arrive, en remarquant le tremblement de mes lèvres. Je t'en prie, ne sois pas peiné, ne me déçois pas. Étinceler est ta seule raison d'être et tu le fais si bien. Que je puisse me nourrir puissamment de ta chaleur car je n'ai pas encore fait mes adieux à la lumière. Et bien avant cela, je veux te témoigner ma reconnaissance, la place abyssale que tu prends dans mon cœur.

J'ai donc attendu l'aube, puis j'ai grimpé fièrement la dune de sable pour me donner à toi, les bras grands ouverts. En immobilisant ton ascension tu m'as enveloppée de tes plus beaux rayons. Frappée soudain d'une énergie folle j'ai dévalé la pente sablonneuse puis rattrapé le chemin guidée par ma canne, passant entre les pierres avec aplomb. J'ai atteint la boulangerie et me suis glissée dans la file. L'attente était même plaisante. Tu me chauffais le dos telle une caresse, une nitescence qui ne peut venir que de toi. C'est ta manière de me féliciter, de m'encourager à renouveler l'expérience. Je t'en fais aujourd'hui la promesse, je recommencerai.

Blanc, couleur ordinaire

Hier, mes pupilles avaient le goût de l'aventure, elles avalaient des hectares de forêts, des étendues de sable. Aujourd'hui, elles limitent leur voyage, non par lassitude mais par contrainte. Mes cellules rétiniennes se sont appauvries. En mourant elles ont grignoté mes contours visuels. Mon pâturage a perdu de sa surface, au point que son diamètre est égal à celui d'un trou de souris. Partout, je suis à l'étroit. À la maison, c'est beaucoup de couloirs, à l'extérieur je me limite à une seule rue, à un même trottoir. Et en bordure de mer, ce sable sur lequel je m'assois est si réduit qu'il ressemble à un bac à sable. Les bruits viennent et repartent, parfois me fatiguent. Il m'arrive de faire abstraction du claquement des cerfs-volants au-dessus de moi et des voix qui les accompagnent. L'impression d'être sur une île déserte m'habite alors quelques instants. Dans la divagation de mon esprit je suis bien sûr à mille lieux de là, et lorsque j'en prends conscience, d'autres bruits heurtent mes oreilles. J'écarte les plus indisciplinés, préférant le bercement de la mer qui chante pour moi. Encore une fois je m'isole. L'île pourrait être ma deuxième maison. Ou une forêt mais sans présence humaine, sans tronçonneuse dans le lointain. Je ne voudrais pas assister à la déforestation qui, de toute façon, s'opère déjà seule dans mon espace exigu : ma planète. Méconnue pour certains, mal comprise pour d'autres.

Hier, je jouais avec les couleurs, j'en inventais

même, mais certaines n'ont pu être enregistrées dans ma mémoire visuelle, probablement pleine. Ni dans celles que je perçois et qui m'émerveillent. Il y avait le vert ardent d'une feuille dans la rosée matinale. Sa chlorophylle m'a rappelé un souvenir d'enfance : une mante religieuse guettant un criquet près d'une grenouille acidulée, croassant d'amour sous l'été torride. J'ai un verre de menthe à l'eau posé devant moi, dont les glaçons s'entrechoquent quand je remue la paille. Il y a aussi du bleu. La mer, le ciel sous lequel je m'allonge en m'étirant de tous mes membres, minuscule sous son immensité. Je vois aussi du blanc, couleur ordinaire, couleur des draps qui sèchent sur le fil à linge et que le vent rend fou, dans lesquels je m'enveloppe pour garder sur le coton de ma robe le parfum de l'orchidée. Le blanc des murs aussi, éblouissants dans le soleil. Cette intolérance était sans doute le début de ma maladie. Je me souviens de la blancheur irréprochable d'une page après y avoir déposé des mots qui me faisaient du bien.

Mes yeux toujours grands ouverts se remplissent à chaque voyage. Ces images que j'assemble dans ma tête deviennent des tableaux, des chefs-d'œuvre. J'en fais de l'art invisible. Si seulement je pouvais retirer les taches noires de ma rétine et rajouter encore un pot de peinture ! La vie n'est jamais assez colorée.

Ces regards sans égards

Dans l'agitation de la mer, des souvenirs ont resurgi : ma colère d'enfant que je peinais à maîtriser. Je subissais la vague cinglante et douloureuse des moqueries. Dans son remous, tel le crabe je m'ensevelissais, convaincue que je ne manquais à personne.

Au fil du temps, une vérité m'est apparue : me réfugier dans les recoins ne faisait qu'exposer ma vulnérabilité. Je me suis alors obligée à affronter la réalité. J'ai soutenu tous ces regards sans égards. Au plus fort de mon orgueil, j'ai vidé mon filet plein à craquer : faible d'oreille j'étais, pourquoi vouloir cacher à mes camarades ces soixante-dix pour cent d'audition en moins ? Dès lors, j'étais investie d'une mission qui consistait à officialiser ma différence.

Elle et moi sommes montées sur la dune et j'ai crié dans le soleil, le vent et la pluie. Mais il m'a fallu redescendre et accepter des regards nouveaux, pleins de pitié. Je n'étais pas complètement rassurée et guettais la grande marée pour prendre le large et qu'on m'oublie un peu.

Dans le flux et le reflux j'ai revu mon niveau d'exigence sur la netteté des sons, respectueuse de l'effort déjà considérable que faisaient mes oreilles. Alors, timidement, je me suis rapprochée des autres.

En me penchant pour évaluer la hauteur de l'enjeu, je n'ai pas eu le vertige. Comme à l'intérieur de moi : parfois, dans le vide, je ne ressens rien. J'ai sans doute verrouillé mes émotions, évitant tout débordement, toute faiblesse qui pourrait me faire chavirer. Et pourtant, rien ne pouvait me débarrasser de ma différence. Je n'allais pas la balancer du haut des rochers, comme une chose honteuse, car je voulais vivre.

La mer faisait jaillir ses gerbes d'eau, comme si elle voulait m'impressionner. Mon regard, pourtant, restait impassible et se fixait sur l'horizon. Ce jour-là j'ai compris qu'en voulant être quelqu'un d'autre, je prenais le risque de n'être plus personne.

Deux mouettes, après un dernier battement d'ailes, s'étaient posées en même temps sur une vague dans une complicité parfaite. Une paix discrète s'installait en moi. Les éclaboussures de mer n'osaient même pas envahir mes yeux. Je me suis surprise à rire, comme la mouette qui volait au-dessus de moi.

Nous riions à gorge déployée, jusqu'aux larmes — un remède puissant et naturel pour lequel il n'existe aucune contre-indication.

Je vois passer un vélo... sans roues

Dehors, il tombe des cordes. La nature n'est pas joyeuse, et moi non plus. Sans effort, je pourrais m'appuyer contre elle. Dans cette ambiance maussade, ma tristesse pourrait facilement se dissoudre, s'étendre.

C'est au cours d'une récréation au collège — celle de trop — que le mot est revenu : *Gogol*. Face à la fenêtre, mon visage s'est à nouveau assombri, attirant même les nuages les plus bas. Soudain, tout s'est mis en pause.

Avec les années, je me suis aguerrie mais les images, elles, se sont rétrécies.

Je peux avoir envie de cueillir des cerises sucrées sous l'été brûlant, de voir mes joues se colorer aux teintes de l'automne, de faire que l'hiver oublie ma pâleur, de souhaiter qu'une nuit de pleine lune m'offre un rêve... peu m'importe aujourd'hui qu'on me traite de Gogol si seulement j'obtiens en échange autre chose que des fragments de vie que je dois assembler.

Ce cocon, par exemple, que j'observe avec attention, espérant y voir un papillon... sans doute s'est-il déjà envolé.

Chaque détail fugace, chaque mouvement ou image trop rapide n'est que frustration. Vous, les voyants, vous voyez tant d'images défiler que vous ne les regardez plus vraiment. Moi, j'en prendrais volontiers à foison — dans la limite du raisonnable, car mon champ visuel, gros comme une tête d'épingle, se fatigue vite.

La vie s'est accélérée. Encore une fois, je sursauterai à l'apparition soudaine d'une connaissance qui se sera glissée près de moi sans prévenir. Encore une fois, je verrai un vélo passer sans roues, un bras sans main me saluer. Et pourtant, la vie s'est ralentie malgré moi. L'hésitation et la prudence ont pris les rênes de mon rythme : moins de casse, moins de chutes.

Quand une incohérence surgit, je sais qu'un fragment m'a échappé. À ce moment précis, j'aimerais que ma rétine devienne un distributeur d'images : une seule, unique et fidèle, non rognée, suffirait à me remplir de joie.

Cette pensée un peu décalée m'a été précieuse. J'ai compris son importance. Je prends tout : jusqu'au dernier fétu, jusqu'au dernier grain.

Une mise au point

Petit coup de gueule qui n'est pas dans mes habitudes, mais j'ai été légèrement blessée dans mon amour propre.

Il y a quelques jours, j'attendais tranquillement mon tour pour régler des emplettes, me laissant l'occasion d'admirer le joli sourire de la caissière... Exercice difficile, je le conçois, surtout dans la durée. À mon passage, je lui offre le mien mais le sien s'efface aussitôt, noyé dans un regard fuyant.... Je ne mets pas longtemps à comprendre : le bruit de ma canne contre sa caisse l'a subitement plongée dans le désarroi.

Je fais de mon mieux pour me fondre dans le décor, mais je refuse qu'on me traverse comme si je n'existais pas. Dans mon univers presque silencieux, presque sombre, tout est visible : mes émotions, mes sentiments — le beau, comme le reste.

Monde étroit qu'occupent mes yeux malades. Autre lieu autre décor : une coquette fleur s'autorise une pose derrière l'objectif de mon appareil photo. Qu'elle n'ait pas d'inquiétude, elle ne sera pas tronquée. Le cliché sera la preuve de sa volonté d'être vue.

Je cherche un angle qui m'inspire, une image assez forte pour y accrocher des mots.

L'appareil est prêt. Mes pupilles absorbent d'un coup les flots. En un clic je capture l'instant.

Mais ce que je découvre ensuite n'est pas ce que j'attendais.

La mer est bien là mais un élément inattendu s'est invité dans le champ : un ballon tournant sur le doigt d'un enfant. Je ne l'avais pas vu. Pris dans la lumière du couchant, il semble dévorer le ciel comme une éclipse sur fond d'océan. Mes yeux, encore une fois, ont manqué à l'appel.

Et comme souvent quand le réel me glisse entre les doigts, mon esprit s'échappe : ma rétine, avalée par l'ombre, cherche ce cercle noir aux contours incandescents.

J'ai lu dernièrement un article sur Artus, réalisateur du film « Un p'tit truc en plus », plus précisément sur ce qui lui tient à cœur : banaliser le handicap. Ambitieux projet !

Il faudra du temps avant d'entendre le couic libérateur des ciseaux sectionnant l'étiquette *anormal*, gommant la lettre « a » comme par magie.

Beaucoup sont allés voir le film pour se donner bonne conscience. Pourtant, il a eu le mérite de faire sauter quelques tabous. L'humour d'Artus, sa marque de fabrique, y est pour beaucoup. Mais ce qui touche le plus, ce sont les interprètes handicapés pleins de malice. Ce film nous a ramenés à l'essentiel : le monde des êtres d'ailleurs est accessible, à la seule condition que les gens dits normaux mettent de côté leurs préjugés.

Artus, tu as raison de croire dans l'existence d'un monde homogène et uni. Alors, permets-moi de te rejoindre. Je prends volontiers quelques pilules d'optimisme — leurs effets sont immédiats.

Légèreté retrouvée, je dépose un instant toute mon artillerie de handicap. Et, naturellement, je philosophe : tressons ensemble les fils de la normalité et de l'anormalité, de ceux qui ont un truc en plus ou un truc en moins pour former une corde solide. Prenons-la pour exemple ou traversons-la pour trouver, ensemble, notre équilibre.

Papa adore vos textes

Des rafales m'ont accompagnée jusqu'au pied du frêne. J'ai plaqué mon dos contre mon ami robuste, les yeux rivés sur la nature maussade. De délicates feuilles ont résisté au vent furieux puis un tourbillon de poussière s'est formé. Un phénomène imprévisible, incontrôlable. Mais les bourrasques ont fini par perdre de leur souffle. Temps figé, pétrifié que je saisis pour faire un premier point. Jusqu'à présent je n'ai pas eu foule, mais ces quelques spectateurs m'ont apporté bien plus, une réelle connexion, cette qualité que l'on retrouve dans l'amitié.

Petites révérences des branches d'arbres et légers frémissements de l'eau marquent le passage d'un cygne, puis la Loire redevient le miroir privilégié des premières frondaisons. Tout comme moi, elle évite le mouvement, et les bruits superflus qui pourraient compromettre ce moment de sérénité en présence d'un cygne majestueux.

Une voix familière me fait revenir à l'instant présent. Je reconnais la tête d'ange qui m'a dit la fois d'avant, d'une voix timide mais claire : « Papa adore vos textes. »

Je ressens subitement le besoin de mettre plus d'intensité dans mes mots. Je ne l'explique pas, un instinct ou une mission qui est de les distraire, de les faire voyager loin de leurs préoccupations quotidiennes.

CINQUIÈME LECTURE
L'Amitié

D'autres fleurettes surgiront

Elle est profonde, enracinée. Il faudrait creuser des heures et des heures pour l'atteindre, et jamais l'idée de la déraciner ne me viendrait à l'esprit. Car l'amitié dont je parle est tout sauf superficielle. Je l'ai longuement observée…

Entière et fragile à la fois, elle est traversée par l'émotion et la joie, pleinement, sans demi-mesure, sans demi-teinte. Avant tout, rien ne lui échappe : elle sait entrevoir un sanglot bloqué dans des yeux d'ébène, entendre des mots dans leur naissance, et même dans l'infime silence, percevoir le grondement lointain d'une émotion. Le rire généreux, l'attention chaleureuse sont ce qui l'anime, ce qui l'éveille toujours. Ces besoins presque vitaux lui donnent de l'ampleur, là où se dépose aussi la confiance.

En somme, elle ne s'apprivoise pas, ne s'invente pas. Je la compare à un immense édredon en patchwork : sa longévité se lit dans les nombreux morceaux de tissu et la solidité de ses coutures. Et s'il arrivait qu'une déchirure survienne, elle serait réparable.

Un rire éclatant, une larme lourde, une phrase apaisante — tout passe par cette amitié authentique. Je ne me suis pas contentée de l'observer, je la vis pleinement.

Évidemment, après tout ce chemin parcouru, il m'est impossible d'en retrouver le commencement. Mais à l'horizon, je la vois comme une évidence : elle ne perd rien de sa splendeur.

J'aperçois une fleur, précisément à l'endroit où est née notre amitié. Je ne suis pas inquiète : les semences de notre affection sont nombreuses. D'autres fleurettes surgiront, elles ne feront qu'entretenir cette complicité.

En attendant, je m'empresse de cueillir celle-ci pour te l'offrir. Elle est très belle, tout comme toi, tout comme notre amitié.

Un rire léger

Une balade au cœur de l'hiver, au centre de l'amitié, rien de tel que la présence d'amis, rien de mieux que l'existence d'un paysage exclusif. Au cœur de sa lumière ou de sa brume, il y a toujours quelque chose d'inattendu, comme une fleur rebelle, un coin de ciel bleu, un mot chaleureux.

Ce jour-là on me parle de personnes qui s'aventurent sur les rochers, malgré le vent devenu plus fort. Je veux bien les croire. Ce sont des scènes qui m'échappent, qui se heurtent à la dure réalité de mon handicap... Mais sur ce chemin incertain, il y aura toujours une jonquille pour me consoler, une main pour me rassurer. Et parfois, il suffira simplement d'un rire léger, celui d'une amie, pour que mon oreille s'éveille, et que j'oublie mes yeux.

D'un coup, je reprends confiance : rien ne m'arrivera. J'éviterai tout, les cailloux et les trous, comme si mon corps entier devenait sûr de lui. À chaque sortie que je veux la plus agréable possible, je m'adapte à ma rétine capricieuse, qui tantôt idolâtre la lumière, tantôt la rejette. Trop de lumière, ou pas assez : dans les deux cas, elle me met à l'épreuve. Qu'importe ! Le reflet de la mer peut m'éblouir, je lui tiendrai tête. Le noir peut m'attirer, je ne le rejoindrai pas, l'ombre peut vouloir m'isoler, je ne la chercherai pas. Merci les amis pour cette belle journée.

À quelques mètres de la Loire

J'ai ma toile de fond : humeur joyeuse peinte sur tous les côtés, chahut des enfants, discussions animées de grandes personnes, jappements des chiens. C'est tout bonnement une journée printanière qui prend une allure estivale. Le monde sort de son repli, de son anxiété. Je suis à quelques pâquerettes du frêne, ces fleurs que j'aurais bien cueillies pour les offrir à la fillette. Non, je ne rêve pas, elle est bien là, assise dans l'herbe et tire sur des brindilles qui atterrissent dans le creux de sa robe. Que veut-elle en faire ? Une réserve pour un animal domestique ou cherche-t-elle seulement à occuper son monde du silence ? Et comme je me suis approchée, sa maman me remarque, Je fais deux pas dans leur direction.

— Bonjour je m'appelle Sandrine. Ce n'est pas la première fois que je vous vois assister à mes lectures, n'est-ce pas.

— En effet ! Moi, c'est Nathalie et voici ma fille Julie qui ne vous voit pas mais vous entend un peu.

Double handicap. J'en étais sûre, à sa façon d'être et de se tenir. Je reste naturelle et ne cherche pas les grandes phrases, je me réjouis simplement de leur présence. Je m'efforce alors dans ma lecture de donner plus de relief et d'intonation à ma voix. Je veux ajouter au monde de Julie des paysages imaginaires, afin qu'elle s'invente une palette de couleurs sur le thème de la nature, sujet du jour. Peut-être aurai-je un jour l'occasion de l'entendre me raconter son histoire. Pour l'heure, je sais déjà que sur sa planète il est vital de créer sans cesse pour trouver sa raison d'être.

J'ai donné tout ce que j'ai pu en voix, à tel point que j'en ai la gorge sèche et douloureuse. C'est en prenant une gorgée d'eau que je relève un changement chez Julie. Ses mains sont posées sur sa robe tendue, l'herbe a disparu, elle est passée à autre chose. Serais-je devenue son nouveau centre d'intérêt ? Elle semble attendre que je reprenne…

Juste pour elle j'improvise : « Moment d'évasion… bleu azur, couleur de l'horizon… ciel pur dont je mesure l'étendue pour mes projets futurs… bleu électrique, couleur hypnotique, là où se plaît le silence, où le temps n'a pas de conséquences… bleu marine, couleur d'escapade, comme une virée en mer, avec mon pull marinière… je n'ai pas l'âme d'une aventurière, ni le goût du risque, simplement je reste au bord de mes limites ».

SIXIÈME LECTURE
La nature

Cultures d'ailleurs

Je m'étais donné rendez-vous sur une plage, un endroit parfait pour observer la montagne. La courbe de son sommet dessinait un profil qui rappelait celui d'une femme allongée, d'où son surnom : la femme couchée. Intriguée, je n'avais cessé de la regarder. Imposante, elle me déroutait.

Alors, pour me distraire, je l'avais imaginée avec des yeux partout, lui permettant de surveiller le monde, assistant ouvertement à des scènes de la vie quotidienne. Des histoires que je couchais librement sur mon cahier, toujours à portée de main.

Comme celle de ces amoureux qui se dévoraient du regard, insensibles à tout ce qui les entourait, à la montagne qui fermait doucement ses paupières, au soleil rouge qui accueillait leur premier baiser.

Le jour décline. Mes yeux sont attirés par un nuage tourmenté, qu'un mât a délicatement frôlé. Ce soir-là, la mer n'en finit pas d'être heureuse, ses clapotis sont une berceuse, qui apaisent le cumulus en forme de mouton qui ne sera jamais aussi bien vêtu que sous cette lueur orangée. Une générosité ensoleillée entre ciel et mer,. Un vrai havre de paix.

J'ai eu la chance d'explorer des paysages, des cultures d'ailleurs. Voyager tout en restant profondément connectée à mes racines. Le choc culturel était inévitable.

Le paradis terrestre existe bel et bien, j'ai vu beaucoup de soleils pourpres, de mers cristallines, également des endroits moins idylliques, noircis par la précarité. C'est ce que l'on appelle souvent l'envers du décor. Certes, je n'ai pas été confrontée au pire des tableaux, comme la misère, la famine, néanmoins ma sensibilité a été touchée. Du chemin j'en ai parcouru pour apprivoiser mes émotions. Aujourd'hui, je suis capable de regarder le presque pire, mais je ne franchis jamais la barrière des curiosités malsaines. J'ai ainsi vu des gamins pieds nus escaladant un mur délabré, des maisons branlantes encore debout, du linge étendu sur des murets sales, des rideaux en lambeaux mais aux tons chatoyants ; et sous la brise j'ai assisté au ballet des couleurs, le bleu a parfois pu manquer mais je le retrouvais naturellement dans le ciel. Ce bleu azur dans lequel j'évitais de me perdre, car d'autres merveilles m'attendaient.

Une véritable leçon de vie, pour comprendre que le surplus n'a pas sa place dans ce monde. En croisant les regards paisibles et sereins des villageois, j'ai compris que l'amour de leurs proches et une assiette garnie leur suffisaient... Je laisse à nouveau le bleu du ciel pénétrer dans mes yeux fragiles.

Bien que j'aie posé les pieds sur le sol de ma terre, je continue à planer, portée par une multitude d'images. Je perçois encore l'odeur de la pluie, la chaleur du soleil sur ma peau frémissante ; j'entends encore le froissement du feuillage des palmiers, le chant des coqs puis le rire irrésistible d'une fillette pataugeant dans une flaque d'eau. L'idée de partager son moment de délire m'effleure l'esprit, piégeant quelques gouttes d'eau qui demeurent en suspension. Seul son bonheur jaillit en abondance, épargnant ses vêtements restés au sec.

Elle est si rayonnante qu'elle en effraie le soleil, qui se dissimule derrière un nuage de pluie, mais fidèle à sa générosité, il finit par réapparaître, transformant les gouttelettes en perles de cristal. Une beauté absolue.

L'image s'efface peu à peu mais je la remplace par une autre. Je distingue un homme assis au bord d'un chemin, et je me demande comment il parvient à se maintenir sur son tabouret bancal. Son visage est impassible. Il ne semble rien attendre, puis je le vois suivre du regard un chien errant, un scooter crachant de la fumée noire, le ciel menaçant... Sans le connaître, je crois qu'il aime écouter le ruissellement d'un cours d'eau, le temps qui s'égrène doucement. Je m'imagine alors une ou deux heures à sa place.

Aujourd'hui, nous sommes conscients de cette horloge humaine que nous ne parvenons pas à ajuster. Tout doit aller vite, et que se passerait-il si nous changions de gare, d'époque pour monter à bord d'une locomotive ? Train à petite vitesse, qui nous mettrait sur les rails de la sérénité. Apprenons à écouter les aiguilles d'une horloge comme nous écoutons battre notre cœur. Chacun à sa manière crie la vie. Retrouvons également les grandes joies des petites choses.

Lettre à une île de l'océan

Depuis que je t'ai vue, Belle Ile en Mer, tu hantes mes pensées. Il m'a fallu balayer ton paysage des yeux une vingtaine de fois pour en garder une image. Ma vision est si étroite que même tes vallons verdoyants me donnent l'impression, parfois, de longer une crevasse.

Mais j'ai encore de la place pour toi dans mon cœur. J'aime croire que tu ne t'es pas complètement dévoilée pour me donner envie de revenir. Revoir ta beauté serait un cadeau. Je n'oublierai jamais notre première rencontre, pleine de promesses. Mais toi, que retiens-tu de moi ? Peut-être ma différence ?

Je veux te connaître davantage. Mais je crains de mal te décrire, de ne pas être à la hauteur. Pardonne mes maladresses, mes yeux ne t'ont pas toujours respectée : j'ai pu ignorer un rocher, salir ton écume ou écraser une fleur. Tu sais pourtant que le brouillard qui me gêne ne vient pas de toi. Tu as compris mon handicap.

Sache qu'il me reste toujours une petite lucarne, assez pour voir ta mer fougueuse. Mes yeux, affamés, ne sont jamais rassasiés. Même si je vois à peine, j'ai vu l'essentiel. Une bonne nuit suffira peut-être pour que la lumière revienne un peu.

Certaines couleurs me sont floues, mais pas le noir. Il se présente toujours net. Ce jour-là, mes yeux l'ont absorbé, fascinés par un rocher sombre. Un silence étrange m'a envahie. J'ai compris à quel point le noir pouvait devenir mon ennemi.

Je dois faire vite, avant qu'il me rattrape. Pourquoi ai-je peur que tu m'échappes ? Que tu ne me reconnaisses plus, ou pire, que je ne te reconnaisse pas ? Si un jour je perds mes sens, je ne te demande qu'une chose : m'approcher de toi autrement. Te sentir, te toucher.

À ses pieds : ses yeux et ses oreilles

Ce matin, je n'ai vu qu'un ciel rose grand ouvert sur mon visage. Une couleur irréelle, assez vive pour nourrir une chimère.

Je perds alors de vue qui je suis. En quête d'un rêve, mon corps s'allège. Plus je me focalise sur le pourpre de ce nuage lenticulaire, plus je plonge dans un souvenir d'enfance — celui où, fière comme Artaban, je pédalais sur mon vélo rose. Les rêves filent, insaisissables, comme cette teinte qui s'efface déjà.

Je suis revenue sur terre mais je cherche encore une échelle sans vouloir admettre que les délices du ciel resteront intangibles. Les cumulus rose bonbon me narguent mais dans la nuit qui se dissipe, mes pupilles captent d'autres lueurs, poussant doucement le jour à naître. Fruit de mon imagination, je plane encore quand je m'approche de mon arbre.

Le temps est à l'orage. Serais-je dans l'obligation de repousser ma séance de lecture au lendemain ? C'est avec une joie simple mais profonde que j'y retrouve Nathalie, Julie, et le couple que je n'avais pas vu depuis plusieurs jours.

Ils me donnent le courage de rester malgré une météo instable. Alors, je leur lis un texte sur cette pandémie qui a fini par vacciner tout le monde en oubliant une dernière piqûre : celle qui nous rappelle que la Terre, elle, continue de souffrir. Le confinement a été une occasion de réévaluer nos priorités. Nous avions à l'esprit cet idéal : un corps sain dans un environnement sain. Nous avons tenté de le préserver par des gestes simples. Mais certains ont été peu à peu abandonnés, signe d'un découragement.

J'ai à peine commencé que Julie s'installe à côté de moi. Je me tourne vers sa mère. Je veux que mon regard soit apaisant. Je relis calmement ma phrase, abandonnée quelques instants plus tôt, mais la fillette me prend la main. Ce contact, je l'avais redouté, par peur de ne pouvoir y résister. Un frisson me traverse, mais je maintiens mon élan jusqu'à la fin d'un paragraphe. Je lui tends alors mon paquet de bonbons : c'est gagné, le Ricola est déjà dans sa bouche.

Je l'observe discrètement. Elle semble loin de nous. Son profil met en relief son nez aquilin et ses pommettes légèrement saillantes. Je m'attarde sur sa bouche qui mâchonne le bonbon. J'essaie d'imaginer son sourire, que je devine magnifique. Par chance, elle me l'offre. A-t-elle lu dans mes pensées, ou apprécie-t-elle simplement ce moment que nous partageons avec pudeur ? Une chose est sûre : elle m'a accordé sa confiance.

Pour Julie, tout exige énergie et volonté. Même si elle ne demande pas grand-chose, il faut veiller à ne pas l'ignorer. Je cherche une image pour représenter son combat. Elle m'apparaît aussitôt, précise : sur un sentier escarpé, on aperçoit de dos une jeune fille figée, sans doute perdue dans ses pensées. À ses pieds sont posés ses yeux et ses oreilles. L'image est choquante mais elle porte un message fort.

Je pourrais tourner la page, mais rien ne presse. Ce public est trop rare. Pourtant, mon enthousiasme retombe quand j'entends des voix criardes. Je trébuche sur mes mots, en avale certains. Heureusement, la fin est proche. Peu à peu, le bruit s'éloigne. Je retrouve le plaisir de prononcer chaque syllabe comme des perles qu'on enfile, une à une, sans urgence.

Je garde un instant les yeux ouverts sur mon livre fermé. Il est difficile de quitter une source d'inspiration quand on s'y est attachée. Des applaudissements m'aident à revenir à moi. Je sursaute légèrement et lève la tête. La Loire ne se montre pas aujourd'hui, mais je la retrouverai. Sans doute m'en veut-elle d'avoir profité de mes spectateurs.

Trois nouveaux visages apparaissent, ce sont les chahuteurs. Deux sont désormais calmes, l'un d'eux reste agité mais son arrogance ne m'atteint pas : je suis fière de Julie, que je raccompagne auprès de sa maman.

Septième lecture
La France à l'arrêt

On marche sur la tête

Le ciel est électrique, inhabituel en cette saison froide. L'apocalypse ? Des nuages plus bas que d'ordinaire pourraient fusionner avec le mal être du monde, un mal être qui est aussi dans nos têtes. Chaque jour les médias diffusent le nombre des décès. La peur nous ronge. On ne se touche plus et on empeste le désinfectant. Chacun se retranche derrière son masque. Plus de sourire, plus de rides, plus de maquillage. Des lunettes embuées et des regards haineux figent l'homme ou la femme qui a osé tousser.

On nous contrôle, on nous enferme. Tout ou presque est interdit. Les politiques se contredisent et la méfiance grandit : envers le confinement, envers les vaccins, envers l'ensemble de ces mesures absurdes que l'État nous impose. Une période où nous marchons sur des œufs ou plutôt sur la tête. Qui croire ? Malgré tout, quand il est possible de concilier vie professionnelle et vie familiale, on essaie de voir le bon côté de l'isolement.

Aux débuts, entre nos quatre murs nous nous apprivoisons. Il y a celui qui vit dans une cage dorée, apparemment comblé, et celui qui vit dans une cage étroite. Leur point commun : le manque de liberté et d'épanouissement personnel.

Dans ce contexte singulier, nos esprits s'habituent à suivre une ligne de conduite qu'on pourrait qualifier d'orwellienne. Lors des rares sorties surveillées, on se jette sur les rayons des supermarchés. Une forme d'agressivité peut surgir si un produit vient à manquer. Les horaires restreints nous poussent à nous battre pour manger. Manger ! C'est le seul vrai plaisir que nous pouvons nous offrir. Peu à peu, nous devenons plus dociles. La famille se retrouve au centre des préoccupations : mieux manger, écouter, partager. Aimer ! Une chance pour certains de réparer les manques, les erreurs.

Dans cette stagnation absurde on s'aime, on rit mais tout peut aussi s'effriter sous le poids de la promiscuité et des tensions. Reste alors une façade, un faux semblant, un mur de plus dans notre quotidien.

Dehors, le silence absolu des rues vides fait

la joie du monde animal. Sangliers et renards se promènent sur nos trottoirs en plein couvre-feu. Depuis les fenêtres de nos cellules, nous suivons leurs déplacements tout en réalisant que nous avons détruit leur habitat en voulant trop construire. Où sont passés les parfums denses de nos campagnes, les robes légères flottant au-dessus des herbes fraîches, les écureuils bondissant d'arbre en arbre ? Ce virus n'est pas anodin.

On espère un retour à la normale. Pouvoir de nouveau communiquer, séduire, trinquer.

Cette pandémie nous a marqués. Elle a arrangé, dérangé, réuni, séparé mais elle nous a permis de redécouvrir les plaisirs simples : une étreinte à ciel ouvert, un café crème en terrasse, la lecture d'un roman à l'ombre d'un marronnier.

Huitième lecture
Toujours là !

Une perle rare

C'est bien l'été qui se frotte au ciel, au sol. Mais depuis quelques années, nous devons nous adapter aux sautes d'humeur de la Terre : trombes d'eau, tempêtes, incendies... Et si la chaleur s'installe, l'idée obsédante du réchauffement climatique s'incruste dans nos cerveaux. Qui veut encore voir et entendre parler de tremblements de terre, de feux de forêts, de cyclones ?

Cette sécheresse qui assèche les sols donne soif aux médias qui n'en finissent plus de dérouler leurs nouvelles alarmantes. Ils nous saoulent. Nous le savons que la terre se réchauffe.

Je reviens sur ma parcelle de verdure — ce qu'il en reste — quand j'aperçois Julie. Elle est si lumineuse que le soleil semble pâle à côté d'elle. Je comprends vite la raison de cette transformation : à ses pieds se tient un chien guide.

Elle s'avance vers moi.

— Sandrine, je te présente Perle.

Sa voix est sourde, mais ne vient plus du fond de sa gorge. Grâce à l'appareillage, elle s'est réconciliée avec ses sensations laryngées. Je m'apprêtais à l'aborder doucement, mais elle m'a devancée.

Je la complimente.

— Quel prénom magnifique. C'est une perle rare alors !

Pour la première fois, j'entends son rire. Il est surprenant, presque volcanique — en contraste total avec son tempérament d'ordinaire si calme. Le mien suit aussitôt, difficile d'y résister.

Nathalie, sa mère, s'est écartée pour lui laisser tout l'espace. Elle y croit dur comme fer : Julie est enfin prête à tenir une conversation.

— On est allés la chercher hier, dit la fillette pleine d'enthousiasme, mais elle était déjà venue plusieurs fois à la maison. Elle est tellement gentille avec moi.

Sa joie est touchante et je m'empresse de caresser sa belle chienne Labrador.

— Et figure-toi qu'elle m'accompagne même à l'école. Du coup, j'ai plein de copines.

Sa mère l'observe, émue.

— À quelle heure tu commences ta lecture ? me demande-t-elle.

— Là, tout de suite. Tiens, assieds-toi ici avec ta chienne. C'est la meilleure place et je vais d'ailleurs parler aujourd'hui de nos amis les bêtes !

Comme je t'aime ma Javanou !

Java, ma chienne, perçoit tout. Plus encore quand je ne suis pas dans mon assiette et que je traîne les pieds. Le bruit de mes pas l'alerte. Doucement, elle me bouscule pour que j'accélère et comme elle se vexe facilement je m'exécute. Pourtant, le moindre effort me coûte, en particulier quand j'ai trop de noir dans les yeux.

Il y a des moments comme celui-ci où, mon confetti de lumière ne me suffisant plus, Java vient se frotter contre moi. Elle a raison. Et si je changeais de point de vue ? Après tout j'aime le noir : les robes chic et élégantes, les rochers massifs et rassurants. Je suis peut-être sur la bonne voie, celle où les pensées sombres s'effacent peu à peu.

Ma chienne fait le pitre pour m'extorquer un sourire. Volontairement, elle gratte la porte d'une patte. Ce bruit, qui m'horripile — elle le sait — me pousse à l'ouvrir. De l'autre côté je découvre du bleu azur, tellement plus beau que mon noir absolu.

Java ne se contente pas de m'avoir poussée à sortir, elle plante son regard dans le mien, avec cette intensité qu'ont les êtres qui comprennent sans les mots. Elle est le fil qui me raccroche quand je tombe. Il faut que je me sorte de là, et vite. En attendant, je m'agenouille contre le bassin de la cour et la serre dans mes bras. Que d'amour elle me donne !

Elle est entrée dans ma vie il y a neuf ans, à la suite de la publication d'une annonce pour un braque de Hongrie. Le petit chiot couleur cannelle qu'elle était sur la photo nous a tout de suite donné envie de traverser la France pour aller la chercher. Mais elle restait distante et triste au retour, assise sur la banquette arrière. Son regard me fuyait et quand je la prenais contre moi elle s'écartait. J'étais cette vilaine personne qui l'avait arrachée à ses frères et sœurs, à sa mère.

Je lui ai alors tout donné : ma présence, l'enveloppe rassurante de mes bras, la douceur de mes caresses, tout ce qui était en mon pouvoir pour l'apaiser. Cette rencontre, que j'avais rêvée magique était vécue par elle comme une déchirure.

Est-ce la raison pour laquelle elle accorde tant d'importance au premier câlin du matin ? La peur d'être abandonnée ? Elle a une autre notion du temps. Elle ne calcule que l'absence, brève ou longue qui lui paraît toujours une éternité. Ma réapparition déclenche en elle un bonheur en désordre : son arrière-train se tortille avec frénésie, puis elle s'installe entre mes jambes, tout émotive, attendant ma main que je glisse jusqu'à son cou. Assise sur ses pattes arrière, les yeux fermés, elle savoure ces instants délicieux que j'interromps souvent par un baiser bruyant.

— Comme je t'aime, ma Javanou !

Elle adore son surnom. Le son qui s'en échappe a une douceur à laquelle son oreille est très sensible. Elle se sent unique. Tête et queue rentrées, elle rampe presque pour m'atteindre.

Quand, par hasard, les larmes jaillissent de mes yeux elle s'approche, pose son museau sur mes genoux et scrute l'horizon, comme si elle cherchait à comprendre l'origine de ma tristesse. Son dévouement me touche, même lorsqu'elle ne trouve rien d'autre que le silence pour effacer ma peine.

.

Neuvième lecture
Le combat silencieux

Octobre rose

L'atmosphère aseptisée l'écœure, elle a juste besoin de prendre l'air, respirer une fleur lui ferait peut-être du bien, mais pas celle placardée sur l'affiche d'Octobre rose. Elle s'est appuyée contre un mur. En regardant le médecin, quelques minutes plus tôt, elle s'est demandé combien de vies il brisait par jour. Oncologue… ce mot affreux. Comment va-t-elle l'annoncer à ses proches ? Elle serre le compte-rendu comme si elle voulait le faire disparaître, relit les mots qu'elle voudrait effacer, touche ses longs cheveux qu'elle lisse entre ses doigts. Une patiente sort à ce moment-là du bâtiment des consultations. Avec son foulard sur la tête elle ressemble à une Madone. Osera-t-elle, comme elle, se faire raser le crâne ou préférera-t-elle jeter chaque jour dans la poubelle ses mèches de cheveux roux ?

Crue vérité, sombre réalité, qui font autant de

mal qu'un coup de poing donné contre un mur. Son mental n'est pas d'acier comme elle l'aurait voulu. Elle range le compte-rendu dans le fond de son sac et regagne sa voiture.

Elle le ressortira trois mois tard quand ses cheveux commenceront à tomber et que ses proches s'inquiéteront.

Elle mène une lutte de tous les instants contre la maladie, un combat de chaque seconde contre les effets secondaires du traitement. Elle n'est jamais loin d'un bout de table ou de chaise au cas où elle aurait un vertige.

Finalement son mental est plus solide qu'elle ne pensait. Elle relève tous les défis et reverra le printemps, puis le suivant et tous les autres. Les étés aussi seront comme avant : les jeux des enfants, son rire cristallin et toutes les voix aimantes autour d'elle.

Le garçonnet au ballon

Cette expérience de lecture sous l'arbre va s'achever car j'arrive au bout de mes textes.

Éternel recommencement, j'attendrai de nouveau cette verve intérieure pour être aspirée par l'écume des mots, qui arriveront propres et beaux, conditionnés à la lecture. Le dernier texte ne sera pas teinté de nostalgie si je peux imaginer que mes spectateurs me resteront fidèles.

Aujourd'hui, ne leur déplaise, je parle de santé... Combats et croyances de chacun que je respecte.

Une ombre vient de balayer mon livre.

Discrètement je lève les yeux pour croiser ceux du garçonnet au ballon dont je perçois la tristesse. Sans me l'expliquer, la présence de son père me rassure, mais j'ai quand même un mauvais pressentiment. Je reprends ma lecture, après une grande inspiration mais à deux mots de la fin, j'entends un sanglot. Il est là ce moment tant appréhendé. Je ne sais comment réagir. Le petit garçon serre son ballon contre lui et le mouille de larmes. Je me lève et le serre dans mes bras. Ce geste l'apaise. Timidement il me tend une photo, tout écornée à force de séjourner dans sa poche. C'est une femme au regard clair. De toute évidence sa maman. Son papa s'approche et me raconte l'histoire de Mélanie, qui ressemble à celle que je viens de lire.

Tu ne m'auras pas !

Je vous présente Hypersensibilité. Je l'appelle aussi Collantine car elle est toujours collée à moi.

Entièrement invisible, je suis pourtant tout à fait capable de la décrire. Je l'imagine effrayante, avec une tête immonde, des pattes encombrantes, le tout monté sur un corps minuscule. Bizarrement foutue, comme génétiquement modifiée, l'araignée pourrait bien être sa cousine. Bête chimérique, d'une intelligence hors normes, ses plans d'attaques sont minutieusement calculés.

Elle ne laisse rien au hasard, piquant précisément au bon moment, au bon endroit. Sa particularité est de ne fréquenter que les peaux hypersensibles comme la mienne, un terrain où elle ne s'ennuie jamais ! Et elle m'aime, si vous saviez !

Elle veille jour et nuit et réagit au moindre bruit suspect en constellant ma peau de petites fleurs rouges. Son plaisir pervers est palpable lorsque je suis prise de démangeaisons. Au début je me gratte gentiment puis la rougeur s'étale.

Mais j'ai appris à dresser mes poils dans un grand frisson. D'un coup, la guerre est déclarée : Collantine bataille dans les grandes tiges. Je jubile ! Elle essaie de se dépêtrer mais il n'est jamais bon de se risquer à me caresser dans le sens du poil.

Il m'arrive cependant de lui échapper et de

verser quelques larmes imprévisibles. Elles tombent pour un rien : après avoir croisé le regard d'un vieillard, contemplé un coucher de soleil, entendu des mots pleins de tendresse...

Il y a des tristesses et des joies qui me bouleversent. De là, cette sensibilité délicate en veille constante.

DERNIÈRE LECTURE
Mes chers disparus

Merci, mon arbre !

La dernière lecture est à ne pas manquer malgré une météo incertaine. Je suis bien pensive sous mon arbre. Il me protège et ne porte pas de jugement. Je lui en sais gré d'autant qu'il a été mon premier auditeur.

Les deux premiers mots de ma dernière page ont été sauvés de la pluie par ses larges feuilles penchées au-dessus de ma tête, le troisième et les autres par des parapluies qui se sont ouverts. Ils appartiennent à ces gens qui à l'instant ont déployé toute leur empathie sur ma petite personne.

Je lâche une larme qui a la délicatesse de tomber à terre. Je ravale les autres avant que des mots ne soient salis. Il me faut terminer ma mission et parler de ceux qui nous ont quittés. Une belle occasion pour chacun de raconter une anecdote sur un être qui lui manque.

Mes chers spectateurs, je ne vous abandonne pas

mais après cette dernière lecture je n'ai plus rien à lire. Je reviendrai. Oui, certainement quand j'aurai écrit d'autres textes.

Papa, c'est trop tôt

    J'appellerai l'Autre celui qui a fait partir injustement mon Papounet. Je n'étais pas prête à le laisser disparaître dans la terre humide. Mon cœur est meurtri. Il était heureux avec peu, de la place il n'en prenait pas beaucoup. Une vie simple, qui aurait tenu dans le creux de la main.

    C'est sans toi que je vis ce premier matin. Tu es désormais dans ce lieu austère mais je continue à te parler. J'arrive encore à sentir ta joue contre la mienne. Quand tu étais là, une journée ordinaire devenait extraordinaire... Certes, je n'avais pas la main verte mais tu ne te décourageais jamais pour me montrer. Je n'attendais que ça : que tu grattes la terre. Sur ton visage, aucune marque du temps n'était perceptible jusqu'à ce coup de fil où je n'ai pas reconnu ta voix. On aurait dit que quelque chose en toi se brisait. Tu essayais de cacher cette fatigue préoccupante. Tu parlais de tes petites-filles pour faire digression. L'Autre n'avait pas encore envahi ton cerveau et pourtant …

Quand il lui arrivait de te laisser en paix, j'aimais ces matins légers, ces instants suspendus où tu retrouvais ton allure de jeune homme. Tu ressortais ta blague d'hier, puis celle d'avant-hier, avec ce sourire complice. Tu insistais même pour arracher les mauvaises herbes ! Moi, je voulais croire que tant que tu toucherais la terre, la vie s'accrocherait à toi, que ce lien suffirait.

Papa, tes dernières fleurs ont été cueillies par d'autres mains, tes dernières fraises ont été mangées par d'autres bouches et il ne me reste que le goût du chagrin. Va vite rejoindre Bruno, il t'attend.

Tu étais ce frère gentil et doux

Bruno, tu étais heureux et aimé de tous. Ton sourire angélique était contagieux et tes yeux s'étiraient plus qu'il ne fallait, toujours en amande. Personne n'aurait soupçonné que derrière ce visage rayonnant se cachait la maladie.

À dix-huit ans la schizophrénie commença à prendre les commandes de ton quotidien. Étant moins maître de tes émotions, tu devenais dangereux pour toi et ton entourage. Dans ses débuts, nous ne l'avions pas remarquée. Elle restait en retrait, se préparant à lâcher ses démons.

Enfant tu étais calme alors que j'étais téméraire. Tu étais l'aîné mais je t'embarquais souvent dans mes bêtises. Tu ne me refusais jamais rien et j'utilisais souvent ma surdité pour t'amadouer, même quand Sébastien est arrivé, ce petit frère que nous avons intégré à nos jeux.

Dans ce cocon familial, chacun avait trouvé sa place.

À l'adolescence tu es devenu rêveur. Ta timidité te servait de refuge, mais ton sourire te rendait terriblement attachant.

J'aurais aimé, parfois, pouvoir emprunter quelques-uns de tes rêves, juste pour m'éloigner un peu de mon problème d'audition. Mais avec le recul, je me demande si tu ne rêvais pas déjà de ces choses. En grandissant, tu t'es affirmé, gardant ce sourire éblouissant. Tu étais ce frère doux et gentil, celui qui m'aidait à faire mes devoirs.

Puis brusquement, la maladie est sortie de son antre. Peut-être même qu'elle avait toujours été là.

Tout a commencé par ton échec au bac. Une vraie blessure pour le bon élève que tu étais.

Tu as perdu l'envie d'étudier, de construire un avenir. Tu croyais que le monde te fermait ses portes et tu t'es contenté d'emplois précaires. Tu finissais par passer inaperçu… sauf pour ceux qui savaient exploiter ta gentillesse.

Comme nos parents, je voyais qu'on te perdait mais quand tu revenais avec de la joie, on était heureux nous aussi. Était-ce de la vraie joie ? Je ne sais pas. Parfois, tu célébrais simplement une victoire : celle d'avoir pu bâillonner quelques heures, quelques jours, ta schizophrénie.

On devait s'adapter à tes sautes d'humeur, à ta tristesse. Tu pouvais m'aimer un jour, puis me rejeter le lendemain… mais je ne t'en voulais pas.

Ta souffrance était immense. Il y avait celle que tu vivais, mais aussi celle que nous ressentions — et ça, tu ne le supportais pas. Tu répétais souvent : « Je suis moi, mais pas lui », comme si vous étiez deux dans ton corps.

Quand la schizophrénie prenait le dessus, tu me disais que les gens te regardaient de travers, qu'ils te détestaient. Tu avais des accès de colère, que tu essayais de contenir et que tu retournais souvent contre toi-même.

Je me souviens d'un jour en particulier. J'étais dans ma chambre, et tu as surgi. Ton regard était désespéré et tes mots pleins de haine. J'ai essayé de te parler mais le monstre qui t'habitait m'a projetée contre le mur. Pourtant, j'ai senti que tu résistais intérieurement, que tu ne voulais pas me faire de mal et tu es parti en claquant la porte.

Ce jour-là, j'ai compris à quel point tu étais épuisé de lutter contre cette chose. On ne te reconnaissait plus, si bien qu'il a fallu t'interner. Nos parents étaient bouleversés, mais ils cachaient leur douleur pour nous protéger. Ton retour, nous l'attendions avec impatience, même si nous redoutions que tes démons ressurgissent.

Tu es revenu, mais pas seul. Ils étaient toujours là. Et j'ai su, le lendemain, en voyant les gendarmes derrière la porte, que pour te débarrasser d'eux, il t'avait fallu renoncer à la vie.

Peu de temps avant, tu cherchais encore à me distraire. Tu t'étais accroupi — une posture que tu prenais souvent — pour me parler de *Birdy*, un film qui t'avait profondément touché. Comme le personnage qui était revenu traumatisé de la guerre du Vietnam, tu levais les yeux vers le ciel, persuadé que tu finirais par t'envoler.

SOMMAIRE

Préambule

Première lecture : Inspirations

Au pied de mon arbre
Ma canne blanche
Le crissement de mon crayon
Sa voix est timide mais claire

Deuxième lecture : le bruit du monde

Il suffit d'un fou rire
Je dépose mes secrets
Comme une étoile de mer
Le temps qui passe
Étincelles de vie
J'ai rendez-vous avec moi-même

Troisième lecture : le ravissement

Le soleil sur la pierre
À fleur de peau à fleur de terre
Des traces éphémères
Matin neuf
Clins d'œil aux promeneurs

Quatrième lecture : je suis comme je suis
Ma colocataire
L'infiniment petit
Soleil, ne me quitte pas !
Blanc, couleur ordinaire
Ces regards sans égards
Je vois passer un vélo... sans roues
Une mise au point
Papa adore vos textes

Cinquième lecture : l'amitié
D'autres fleurettes surgiront
Un rire léger
À quelques mètres de la Loire

Sixième lecture : la nature
Cultures d'ailleurs
Lettre à une île de l'océan
À ses pieds : ses yeux et ses oreilles

Septième lecture : la france à l'arrêt
On marche sur la tête

Huitième lecture : toujours là !

Une perle rare
Comme je t'aime, ma Javanou !

Neuvième lecture : le combat silencieux

Octobre rose
Le garçonnet au ballon
Tu ne m'auras pas !

Dernière lecture : mes chers disparus

Merci, mon arbre !
Papa, c'est trop tôt
Tu étais ce frère doux et gentil

REMERCIEMENTS

Je tiens à remercier tout particulièrement mon éditrice, Chantal Lebrat, pour son accompagnement indéfectible tout au long du travail éditorial, ainsi que Siobhan Lim, pour la beauté sobre et puissante de sa couverture.

J'adresse aussi mes sincères pensées à Solène T. et Sophie A., qui me suivent depuis le début de cette aventure littéraire.

CHEZ LE MÊME ÉDITEUR

COLLECTION COMME TOUT UN CHACUN

La Paix toute une histoire
Essai, 2018
Sophie-Victoire Trouiller

Nouvelles du Temps qui passe
Nouvelles, 2019
Michel Pain-Edeline

Un petit cimetière de Campagne
Roman, 2020
Jacques Priou

De mon Amazonie aux confins du Berry
Nouvelles, 2020
Irène Danon

T'occupe pas de la marque du vélo, pédale
Roman, 2021
Cécile Meslin

De l'autre côté des étoiles
Conte, 2021
Hervé Dupont

Pourquoi ?
Réflexion autobiographique, 2021
Fabien Lerch

Sans domicile fixe
Contes animaliers, 2021
Maurice Bougerol

Jusqu'à l'épuisement des Lumières
Récit autobiographique, 2022
Sandrine Lepetit

Témoignages poétiques
Poèmes, 2022
Christine Chantereau

Un Rêve américain
Scénario, 2022
Julie Armen

L'Affaire Taïga
Roman, 2025
Chantal Lebrat

COLLECTION VOIR AUTREMENT

L'Insurgée aux yeux d'ombre
Roman, 2019
Diane Beausoleil

Pas si bête
Roman, 2019
Clélia Hardou

Comment j'ai sauvé le Monde
Nouvelles du Prix Monique Truquet 2024

COLLECTION LES MOTS DU SILENCE

Deux Mondes
Témoignage, 2020
Christelle Luongkhan

Signence - la langue des signes
Album de photos, poèmes et textes, 2020
Eve Allem et Jennifer Lescouët

Les Tribulations d'une malentendante
Récit autobiographique, 2022
Véronique Gautier

ISBN : 978-2-491157-35-7
Dépôt légal : juin 2025